Um voo mágico

Giovanna Giordano

Um voo mágico

TRADUÇÃO
Karina Jannini

autêntica contemporânea

Título original: *Un volo magico*

EDITORA RESPONSÁVEL
Ana Elisa Ribeiro

EDITORA ASSISTENTE
Rafaela Lamas

PREPARAÇÃO DE TEXTO
Sonia Junqueira

REVISÃO
Marina Guedes

CAPA E ILUSTRAÇÃO DE CAPA
Letícia Naves

DIAGRAMAÇÃO
Guilherme Fagundes

Dados Internacionais de Catalogação na Publicação (CIP)
(Câmara Brasileira do Livro, SP, Brasil)

Giordano, Giovanna

Um voo mágico / Giovanna Giordano ; tradução Karina Jannini.
-- Belo Horizonte, MG : Autêntica Contemporânea, 2022.

Título original: Un volo magico.

ISBN 978-65-5928-177-0

1. Ficção italiana I. Título.

22-112654 CDD-853

Índices para catálogo sistemático:

1. Ficção : Literatura italiana 853

Eliete Marques da Silva - Bibliotecária - CRB-8/9380

A **AUTÊNTICA CONTEMPORÂNEA** É UMA EDITORA DO **GRUPO AUTÊNTICA** 

Belo Horizonte
Rua Carlos Turner, 420
Silveira . 31140-520
Belo Horizonte . MG
Tel.: (55 31) 3465 4500

São Paulo
Av. Paulista, 2.073 . Conjunto Nacional
Horsa I . Sala 309 . Cerqueira César
01311-940 . São Paulo . SP
Tel.: (55 11) 3034 4468

www.grupoautentica.com.br
SAC: atendimentoleitor@grupoautentica.com.br

Dedico este livro a meu pai, Nicola Giordano, cientista.
Ele me contou esta história antes de morrer
e talvez agora a leia do espaço.

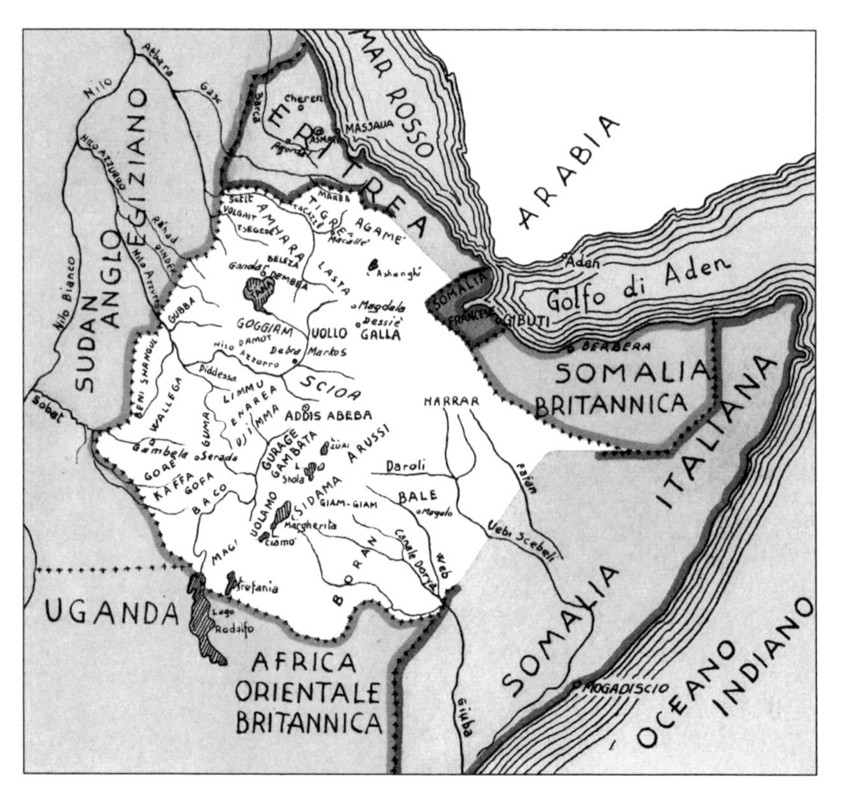

As regiões da Abissínia.

1.
A chegada e o meu guia

A noite em que cheguei à África foi a mais bonita da minha vida. Era uma noite verde, daquelas em que a felicidade é quase insuportável. Eu estava louco de alegria, de vento e de sol. Dentro de um silêncio espantoso, havia o perfume do verão.

Eu voava livremente no céu, empinava na corrente quente, flutuava na descida, e as cintilantes estrelas africanas saltavam sobre o planeta.

Pilotava Vida Nova, meu Caproni 133. Era 24 de junho de 1935. Destino: Eritreia. Missão: secreta. Não sabia mais nada da minha viagem.

"Siga em frente", eu pensava, "não pare. Você tem uma vida extraordinária pela frente, sempre ao sul, sempre ao sul; sabe-se lá o que te espera."

Minha cabeça girava, maravilhada; a cabine já havia pincelado mares tempestuosos, tufos de palmeiras, dunas cor de açafrão no deserto, as pirâmides do Egito e o Mar Vermelho.

Como era imponente a Pirâmide de Quéops sob a barriga do meu leve trimotor! E eu também me sentia leve e agitado, um gato errante nas nuvens que se empolgava a cada manobra do leme.

Eu brincava com o vento, para cima e para baixo, entre o mar e o espaço: ganhava altitude para rever as estrelas e descia para lamber os lábios do Mar Vermelho, cheio de peixes e baleias.

Voava, voava livremente e olhava para a frente, sem recordações, pois, quando se vive, não se tem tempo para recordar; então, eu vivia. Sim, vivia. Era jovem.

Naquela noite verde, os sambucos, tradicionais embarcações a vela da África Oriental, flutuavam no mar, e os navios italianos navegavam carregados de bombas.

Naquela noite verde, a hélice triturava o ar que exalava um perfume de canela sobre a terra abissínia, forte e vermelha como o planeta na origem dos tempos: escarpas, barrancos, corredeiras, desfiladeiros, florestas, zebras, girafas, leões e gazelas em fuga. Depois, cada vez mais próximos, eu via seringueiras, eufórbias em forma de candelabro, agaves suculentos, os faróis do aeroporto, vermelhos como morangos, e a areia, fina como a da Lua.

Em Otumlo, onde aterrissei em espiral, o silêncio era mágico, mas depois irromperam os barridos dos elefantes e os cantos das mulheres.

As canções se aproximavam aos poucos, como os vaga-lumes tímidos de verão, e, lentamente, meu medo também crescia.

Quando é muito grande, o medo consome o coração. "Tenho de ser corajoso", eu pensava, "sou um homem com asas, não uma ovelha triste." Os sininhos dos camelos balançavam junto com o canto, e sobre os camelos balançavam suavemente os quadris de dez mulheres negras e nuas.

Eram os primeiros corpos negros que eu via: bronzes maravilhosos sob a lua; e em uma liteira sobre o último camelo viajavam um capitão do exército italiano e um papagaio verde, vermelho e amarelo, de bico pontiagudo.

O homem usava o capacete colonial, tinha um sorriso largo e ar melancólico, como o de quem desfruta do momento e apenas dele.

– Sou o capitão Beba Mondio. E você, quem é?

– Aviador Giulio Giamò, senhor.

– Eu o estava esperando. Nasceu em Stromboli, em 1912, certo?

– Sim, senhor.

– É chamado de “Mosquito”?

– Sim, senhor.

– Por quê?

– Pouso em qualquer lugar e sou silencioso.

– Sabe o que é a guerra?

– Só a vi no cinema.

– Eu também, mas é melhor não contar isso a ninguém.

O papagaio catava pulgas nas penas coloridas e me olhava de soslaio.

– Acha que é especial só porque voa? Não tem plumas nem asas: é um pássaro pela metade.

Era o primeiro papagaio falante que eu via na vida: que magia era aquela?

Mondio me tranquilizou.

– Não tenha medo, ele não é de falar muito.

– Eu nunca tinha visto um papagaio falante.

– Nunca se deslumbre com nada, porque na África tudo é deslumbrante. Deixe-me apresentá-lo: ele se chama Papamundo.

– O que significa?

– Ama o mundo e come muito.

Papamundo ainda me olhava de soslaio.

Os vaga-lumes se agitavam no ar cintilante, as mulheres me afagavam com seus cílios longos e aveludados, como as cortinas de uma ópera. Mas o teatro, naquela noite verde, não era uma miragem.

As plantas e os insetos gritavam, as estrelas caíam do céu como granizos, tudo ria ou tremia, e os rumores fendiam a escuridão.

Em que mundo eu tinha ido parar? Rangidos, corpos nus e negros, um papagaio falante e um capitão louco.

– Capitão, qual é a minha missão?

– Não posso lhe dizer nada.

– Diga o que pode.

– Talvez amanhã.

A noite corria, a lua tinha desaparecido, até as corujas estavam quase adormecendo, e eu continuava a olhar para o papagaio.

– Por que você fala?

– E você? Por que fala?

– Transformo meus pensamentos em voz alta.

– Pois bem, isso também vale para os papagaios falantes.

Era uma noite serena, e as mulheres delicadas carregavam seu corpo nu com naturalidade, assim como eu carregava meu nariz.

A lua se enlanguescia, abraçada por um vento quente que soprava areia em nós. Minha sandália estava desamarrada e o capacete, empoeirado. Lustrando-o, dava para ver as asas de águia pintadas no metal, brancas e azuis.

– Quem pintou essas asas, homem voador? – perguntoume Mondio.

– Meu filho.

– Quantos anos tem o menino?

– Apenas três.

– Como se chama?

– Nicola. É o mais velho e nasceu debaixo de um arco-íris em uma noite de verão.

– Você tem mais filhos?

– Dois, recém-nascidos.

– Tem pai? Tem mãe?

– Meu pai morreu. Só ficou minha mãe.

– Vai sentir saudade do seu país?

– Luto contra a saudade e voo sempre em frente.

– Muito bem, não permita que ela o acometa nesta terra imensa. Você verá, logo a África vai sugar sua alma, e aqui você precisa abrir olhos e ouvidos.

No entanto, minhas pálpebras pesavam, eu estava muito cansado e só queria dormir. Entre os eucaliptos havia duas cabanas: uma de madeira, em estilo militar, e outra de barro e palha. A primeira era uma pequena casa, e a segunda, um *tukul*.

– Qual das duas você prefere? – perguntou-me Mondio.

– A cabana de madeira.

Eu tinha acabado de pôr a mão na maçaneta e estava para girá-la quando, em um piscar de olhos, a imagem da cabana, junto com o teto, as paredes e a maçaneta se desintegraram. Nas migalhas fumegantes, um exército de cupins em fuga, com mandíbulas pontiagudas e patas velozes. Em seguida, as criaturas se esconderam em suas catedrais de terra, altas como colunas, para digerir minha casa.

– É preciso se apressar antes que tudo desapareça – disse Papamundo.

Mas eu estava cansado. Que país era aquele, onde os animais impedem um homem de dormir? As moscas faziam mais barulho que os elefantes, e os leões arranhavam o ar.

Eu poderia passar o restante da noite na tenda do capitão Mondio. Era uma tenda nua: um catre, uma mesinha para escrever e comer, um lampião e um mapa em escala da Abissínia.

– Capitão, o que quer dizer "Abissínia"? Significa abismo?

– A origem da palavra é grega: "mistura". De fato, aqui se misturaram os filhos de Noé: Sem, Cam e Jafé.

– O que quer dizer "etíopes"?

– "Homens de rosto queimado", era como se chamavam nos tempos de Homero.

– Queimado?

– Queimado, preto. Os antigos achavam que a pele deles era preta porque havia sido queimada pelo sol. A imaginação dos homens primitivos é livre sem a ciência.

O capitão gostava de ler. Havia muitas folhas presas a fios, como roupas no varal, e em cada uma estava escrita a frase de um romance.

"Faça o que quiser."

"Ou se escreve ou se vive."

"Sonho para não parar de ver."

Lendo essas palavras, encantado pelas canções de ninar das servas, adormeci.

Ao amanhecer, todos já cantavam: mulheres, avestruzes, gazelas, elefantes, zebras, macacos e soldados, brancos e pretos. Eu conhecia bem os brancos e estava vendo os pretos pela primeira vez: chamavam-se áscaros, muntaz, buluk-basci, scium-basci e dubats, que significa "turbantes brancos". Os dubats vinham da Somália, com turbante e torso nu, como guerreiros de Aquiles. Os áscaros eram de patente mais elevada e traziam um chapéu cilíndrico vermelho na cabeça; os dubats estavam mais abaixo na hierarquia, eram tropas irregulares, apresentavam-se com os pés descalços ou em cima de camelos.

Em Otumlo, os camelos trabalhavam mais do que nossas mulas: transportavam víveres e munições para cima e para baixo, febrilmente, chicoteados pelos homens que corriam como em formigueiros.

Formigas, cupins, pulgas, piolhos e mosquitos nos perseguiam, depois se chocavam contra os tanques, a artilharia leve e pesada, as baionetas, as bombas e as pistolas.

Na minha primeira manhã africana, homens e animais se moviam como loucos.

– A vida muda com a guerra – dizia o capitão. – O homem é tomado por uma estranha euforia, como a das moscas, em setembro, quando o calor termina e elas estão para morrer. Você as vê baterem-se contra as paredes e voar dia e noite. Olhe ao redor: não sente a impaciência humana?

– Parece que todos foram colocados em uma centrífuga.

– Neste momento, trezentos mil homens estão como essas moscas: nervosos, impacientes para morrer. A morte não os assusta; ao contrário, os excita. É como se fossem a um banquete em vez de irem a seu funeral.

Enquanto meu guia me instruía, eu ouvia lamentos. Eram guturais, profundos e vinham com golpes de metal.

Reconheci e não reconheci o som do metal e procurei Vida Nova.

Cem babuínos pulavam nas asas do meu trimotor, amassando-o como uma caixinha. Fiquei desesperado, disparei no ar e no chão.

Beba pegou meu fuzil.

– Idiota, não é assim que se faz na África. Aqui é preciso ser educado, como na corte de Londres.

E, sem me olhar de novo, ofereceu ao chefe da tribo dos babuínos um pote de mel. O chefe sugou mais do que os súditos, e felizmente, depois da última gota de mel e de reverências de agradecimento, a tribo desapareceu na floresta.

Meu guia me olhou torto.

– Quem é amargo colhe veneno.
– Mondio, qual é minha missão?
– Quer voar do amanhecer ao pôr do sol?
– Quero voar.
– Cale-se e vamos voar.
– Para onde vamos?
– Para a Abissínia.

Beba pegou uma sacola cáqui. Em seguida, rodando no capim quente, com um golpe na alavanca para sacudir o motor e a proa virada para o céu, decolei. Papamundo estava sentado ao meu lado, e Mondio distraía-se observando as nuvens.

– As nuvens desenham outros continentes.
– Continentes varridos pelo vento.
– As nuvens se dissolvem e a cada momento ganham formas novas. Também na terra tudo se transforma, mas às vezes são necessários milênios. Por isso, prefiro a terra.
– As nuvens o comovem, capitão?
– Quando envelhecemos, ficamos sentimentais. Quantos anos você tem, Mosquito?
– Vinte e três.
– Você fala demais para a sua idade.
– Não sou livre?
– Um homem jovem deve ficar calado, um homem maduro pode falar, mas só se tiver assuntos interessantes. Já um homem velho pode, finalmente, dizer o que quer.
– Quantos anos o senhor tem, capitão?
– Muitos e vividos.

Eu estava atravessando correntes quentes, em turbilhão, e segurava o manche com firmeza. A luz queimava nossos cílios e lábios. Procurei os óculos e a água. Mondio também bebia.

– Giulio, o que está levando no voo?

– Bússola, binóculo, punhal, fósforos, diário de bordo, pistola de sinalização, revólver e paraquedas.

– O paraquedas é uma vida de reserva. Seria bom ter uma vida de reserva também em terra. Tem outro com você?

– Não, capitão.

– Você precisa de uma seringa com água salgada, para o caso de ir parar em áreas infernais, e senso de orientação.

– Tenho mapa e bússola.

– Não são suficientes. Na África, você tem de se orientar pelas estrelas e pelos ventos, reconhecer as pegadas dos animais e ter o faro das feras.

– O que há em sua sacola, capitão?

Mondio não respondeu. Olhava para as nuvens como se fossem as primeiras que via, e Papamundo girava os olhos cor de rubi, tomado pelo encantamento.

– Você voa mais alto do que eu.

– E olhe que não tenho penas nem asas!

– Talvez um dia vocês, homens, tenham asas nos pés.

Mondio bancava o misterioso, e eu voava sem direção.

– Para onde devo ir, Mondio?

– Sempre ao sul, sempre ao sul.

Na luz vermelha e empoeirada, corriam terras selvagens e paraísos desertos.

– Onde estão os homens, capitão?

– Estão aí, mas não dá para ver.

– Estão escondidos?

– Não querem aparecer. Este é um país estranho, animista e cristão. Por milhares de anos, esqueceu-se do mundo, e o mundo se esqueceu dele.

Voávamos sobre os picos das Montanhas Simien, pontiagudos como os dentes de um tubarão mordendo as nuvens, e Mondio reconhecia os lugares a olho nu.

– Aterrisse naquele planalto, depois dos quatro baobás dispostos em cruz.

Após suas palavras, lá estava a cruz de baobás e, planando dentro de um mar de luz, aterrissei.

Não havia viva alma, apenas alguns tufos de palha. Contudo, aos poucos, do nada, uma multidão de homens carregados de presentes aproximou-se de Vida Nova. Havia quem trouxesse lebres defumadas, caudas de raposa, bicos de pelicano, almôndegas de rã, cavalos-marinhos de água doce, bagos de uva selvagem, caudas de zebra e presas de elefante. Havia quem cantasse e quem calasse.

O primeiro a se aproximar foi o chefe da tribo. Tinha na mão dois olhos de cabrito, que me ofereceu.

– Cale-se e coma – disse-me Beba, e assim tive de fazer. – O homem forte é aquele que se adapta. Onde quer que você esteja, adapte-se e sobreviverá.

O chefe da tribo recitou-nos sua admiração.

– Ó homens afortunados, que realizaram o sonho de voar! Ó homens bem-aventurados, que navegam no céu! Ó homens que estão junto com os anjos! Digam-me: os anjos são mais pesados ou mais leves do que vocês?

– Majestade, no céu há anjos leves e anjos pesados. Lá em cima, eles nos ignoram e seguem o próprio caminho para cumprir suas missões divinas – respondeu Beba.

– Então, não os julgam dignos de consideração.

– Nós somos mortais com asas, majestade.

O chefe apreciou nossa modéstia, mas perdemos para ele a importância inicial.

– Muito bem, bípede com asas, diga-me por que veio acabar com a minha paz.

– Majestade, trago uma mensagem de nosso chefe.

– É longa ou breve?

– Breve.

– Então, pode ler.

Beba Mondio tirou de sua sacola cáqui um rolo fechado por um lacre vermelho e o deu ao rei, que o abriu com confiança.

– Homem voador, leia estas palavras para mim.

– O governo italiano pede a submissão do rás[1] Addi Arkay. Que renegue hoje mesmo o Negus[2] Hailé Selassié: terá benefícios por ocasião da iminente ocupação pelo exército italiano.

– Preciso de tempo – balbuciou o rás.

– E quem não precisa? – disse Beba.

Ele não sabia mais o que nos dar de presente para nos conquistar: ovos de avestruz, pepitas de prata, xales de seda de aranha, figos amarelos e cor-de-rosa.

Tentamos explicar-lhe que éramos apenas mensageiros, e que nossa opinião nunca poderia atenuar as decisões do governo, mas o homem nos daria até suas montanhas e, em meio à multidão, procurava algo para nos surpreender.

De repente, um lampejo passou por seus olhos: belos como estátuas gregas, um homem e uma mulher caminhavam juntos.

O homem tinha correntes nos pés, presas às da linda mulher. Por hábito, e talvez para esconder a escravidão, seguiam em ritmo idêntico: mesma passada, mesma andadura. Os corpos caminhavam quase dançando na areia, ele com a tanga e o peito liso de adolescente, ela com uma

---

[1] No Império Etíope, título originariamente conferido aos chefes feudais das províncias maiores e, posteriormente, ao mais alto dignitário depois do Negus. (N. T.)

[2] Título do soberano da Abissínia. (N. T.)

faixa transparente envolvendo os quadris e com os seios perfeitos, em forma de cúpula.

Ao redor das orelhas dela, como brincos vivos, voavam e pousavam duas libélulas azuis. Cada libélula tinha quatro asas transparentes, que no voo ficavam na horizontal e depois se dobravam na imobilidade, como mãos em oração. Até então, eu nunca tinha visto seres mais leves que aqueles.

O rás serrou as correntes presas aos pés dos escravos e olhou para eles, satisfeito, como um agricultor observando seus bezerros.

– Dou de presente a vocês estes dois escravos, os melhores do meu reino. Por favor, não me façam mal, não façam mal à minha gente.

O homem e a mulher não queriam deixar o planalto e nos olhavam com hostilidade.

– Agora que estamos livres, quem vai nos dar comida? A liberdade é uma desventura para alguns – disse ele.

– Por que seguir dois homens tão pálidos e sem vida? – perguntou-se ela.

Recusar o presente seria uma descortesia com o homem poderoso, aceitá-lo seria tornar infelizes dois escravos, mas o rás desatou o nó.

– Não deem ouvidos a eles: Tsahai, que significa "Sol", é uma mulher que sempre faz o que pensa, e Amalik é um escravo que sempre diz o que pensa e às vezes é insuportável.

– Os reis, que são os homens, não amam a verdade – disse Amalik.

Liberados das correntes, os dois não perderam o hábito de permanecerem juntos.

– Nos amamos tanto que, sem o outro, mesmo a menor parte de vida nos parece feia – disse Amalik.

No voo, Tsahai me bombardeou com perguntas.

– Você gosta de voar?
– É a única coisa que sei fazer.
– Sabe fazer amor?
– Acho que sim.
– Ainda bem. Por que você é tão branco?
– Porque o sol não me queimou.
– Por que voa?
– Amo a liberdade.
– E por que ama a liberdade?
– E você? Por que faz tantas perguntas?
– As perguntas são mais bonitas do que as respostas.

Ela me olhou longamente enquanto as libélulas azuis esvoaçavam nos lobos de suas orelhas. Pareciam acompanhar seu humor: quando ela estava alegre, ficavam alegres; quando ela estava tranquila, ficavam tranquilas.

Tsahai e Amalik nunca tinham subido em um avião; apenas as libélulas tinham alguma prática de voo, mas rente à água.

Nas nuvens, Tsahai contava fábulas.

– Era uma vez um homem sem sombra. Certo dia, ele a afastara dizendo a ela, que sempre o seguia: "Pare de me seguir, quero ficar sozinho". E a sombra lhe obedecera, só que, a partir daquele momento, o homem se tornou invisível.

– É uma fábula pouco convincente, Tsahai – comentei.

– Era uma vez um templo dedicado à paciência. A ele se dirigiam maridos e mulheres, que perguntavam ao sacerdote: "Qual é o segredo para um bom casamento?". "Paciência, paciência, paciência", respondia o sacerdote.

– Você é sábia.

– Era uma vez uma tribo de homens com cílios para dentro, e era uma vez uma tribo de homens sem cílios. Os homens com cílios para dentro mantinham os olhos sempre fechados, e os sem cílios os mantinham sempre abertos. Os primeiros diziam que o mundo é muito feio, e os outros, que o mundo é realmente bonito.

Naquele dia, o mundo estava realmente bonito, a luz era dourada, Vida Nova projetava sua sombra em espaços imensos; penhascos e montanhas duras se dissolviam nas colinas.

– Para onde estamos indo, Mondio?

– Aqui e ali, para semear palavras.

Eu aterrissava rapidamente em meio a florestas de eufórbias seculares, às margens do Nilo Azul, em picos de montanhas. Havia a tribo dos adoradores da Lua e a dos adoradores do Sol; os primeiros viviam à noite, e os outros, apenas durante o dia.

Havia a tribo comandada por um elefante e a comandada por uma menina. Havia a tribo na qual se vivia para dar presentes e a tribo na qual ninguém dava nada a ninguém.

Havia homens felizes e homens infelizes, distribuídos pela Abissínia tal como o acaso os distribuiu por toda parte.

No norte, vi obeliscos muito altos; eram de pedra e sugavam os raios do sol.

– É Aksum, cidade da rainha de Sabá, que aqui chamam de Makeda – disse Beba.

– Conte-me a história.

– A rainha Makeda, de Aksum, foi visitar o rei Salomão em Jerusalém. O rei a convidou para também passar a noite, mas a rainha temia suas ofertas amorosas: "Dê-me sua palavra de que não vai se aproveitar de mim", disse ela. "Prometa que não vai pegar nada do meu palácio sem minha permissão", disse ele. Rei e rainha prometeram.

– As promessas são rumores – disse o papagaio.

– Durante o banquete, Salomão lhe ofereceu carnes com especiarias e, ao lado da cama dela, colocou uma caneca com água fresca. No meio da noite, a rainha teve sede e bebeu a água. Então, o rei disse a Makeda: "Você violou a sua promessa, e eu vou romper a minha". Do amor de ambos nasceu Menelik, primeiro rei dos abissínios.

– O Negus descende dele?

– O Negus é seu último herdeiro.

– Salomão deve ter ensinado muitas coisas a Menelik.

– Na verdade, parece que os dois não se entendiam muito bem. Dizem que Menelik chegou a furtar do templo a Arca com as tábuas dos Dez Mandamentos.

– Alquimias estranhas, essas de pais e filhos – disse Papamundo.

E eu voava, carregado de nuvens e fábulas.

– Para onde vamos, Mondio?

– Para o Oriente, em Danakil.

– Entregar outra mensagem?

– Sim, ao sultão de Biru.

– Capitão, qual é minha missão?

– Você é o carteiro do céu.

– O carteiro do céu?

– Tem de entregar mensagens militares e cartas de homens.

Fiquei decepcionado.

– Carteiro na África? Eu havia pensado em uma missão mais nobre.

– As palavras são preciosas. Para quem as espera, ainda mais preciosas do que os táleres de Maria Teresa.[3]

---

[3] Moedas de prata que levavam o nome da imperatriz Maria Teresa da Áustria (1717-1780). Cunhado pela primeira vez em 1741, o táler de Maria Teresa tornou-se a unidade monetária oficial da Etiópia no início do século XX e foi usado até 1938, quando um decreto ministerial suspendeu sua cunhagem e impôs o uso da lira. Contudo, por pressão da Inglaterra, a moeda continuou a circular na África Oriental após essa data. (N. T.)

Com pouco combustível, eu já estava planando sobre Danakil, deserto amarelo e vermelho como o inferno. O planalto abissínio se precipitava no barranco de três mil metros e descia sob o nível do mar como um pergaminho. O ar de enxofre era pesado, os vulcões fumegavam, e as fontes de lava ferviam, explodindo.

Havia pedras pretas, túmulos antigos e refúgios de bandidos. Ao redor, apenas sal e enxofre, e sal e enxofre eram as únicas riquezas dos condenados de Biru, que viviam no cone de um vulcão extinto. Apenas ali a vida era tolerável, pois na barriga da cratera a umidade da noite se condensava e refrescava as cabanas *tukul* e as cabeças ardentes dos súditos Biru.

A névoa era como um turbante sobre a aldeia, e nela mergulhei às cegas. Diante do palácio real, o sultão nos observava, emburrado.

– Trouxeram paz ou guerra do céu?

– Viemos em paz, mas se o senhor nos oferecer a guerra, traremos a guerra – respondeu o capitão.

– Maldito seja quem traz a guerra a quem já está em uma situação tão ruim, senhor. O que querem roubar de nós? Essa porcaria de ouro, que vocês tanto adoram, não existe por aqui. Nossas mulheres são suficientes apenas para nós e ainda por cima são feias. Talvez vocês queiram comer nossas crianças magras?

– Somos apenas mensageiros com asas.

– Sim, mas você está trazendo paz ou guerra?

– Trago apenas uma mensagem.

– Então, você não conta nada. Onde estão seus sultões? Deitados na cama, e mandam você importunar as nuvens e o sultão de Biru?

Ao redor do sultão esvoaçavam os sombrios sacerdotes das estrelas, com os olhos cobertos por um saco preto. Assim eram chamados os sacerdotes que veneravam apenas a luz da noite e odiavam a do dia. Às vezes circulavam pela manhã, somente com o rosto coberto, e sempre à noite, como os morcegos, quando diziam, sob as estrelas e a lua: "Quanta luz!".

Os sacerdotes cochichavam, mas Beba não se deixou perturbar.

– Tenho um presente para o senhor.

– Você é um homem rico; portanto, não é generoso. Quando não temos nada, não nos prendemos a nada; quando temos tudo, prendemo-nos a tudo.

E bufava.

– Tenho um presente para o senhor – repetiu Beba.

– Estou lhe dizendo que não me importa. Não tenho nada, e, quando se é muito pobre, ter alguma coisa não muda absolutamente o estado das coisas.

– Majestade, na realidade, esses italianos estão cansados de ficar em casa e buscam aventuras – disse Amalik.

– E tinham de vir justo para cá?

– Majestade, eles querem conquistar nossa terra. Vamos deixar que o façam. Não será melhor? Fecha-se uma porta e abre-se um portão – disse-lhe Tsahai.

– Sultão, o exército deles está armado até os dentes: fuzis, bombas e tanques. E nós? O que lançaremos contra eles? Bolinhas de sal? Que Deus nos ajude, majestade! – disse Amalik.

– É totalmente inútil lutar contra um inimigo superior.

Enquanto isso, Beba leu a mensagem, convidando-o a render-se.

– Se aceitar nossa proteção, ficará livre da tirania do Negus.

– E quem é que já viu o Negus? Aqui, somos livres para viver e morrer, como é justo que seja para todo homem na Terra.

– Nunca viu o Negus?

– Somente um rei louco viria até este inferno.

Fiquei em um canto, refletindo.

– No que está pensando, Mosquito?

– Depois do sultão de Biru, o que me espera?

– Ninguém sabe o que o espera.

– Eu quis dizer: qual será a próxima missão?

– Será uma prova de inteligência e coragem.

– Coragem e inteligência andam juntas?

– Às vezes.

– O que é a coragem, capitão?

– É uma qualidade que parte do coração e dissolve o perigo com lucidez.

Depois de um banquete em nossa homenagem, com pratos de cardos assados, bifes de lava e suco de urtigas, a noite se fez.

O sol se precipitava no mar amarelo-enxofre, as estrelas deitavam-se, exaustas, e a noite caiu sem rumor: não havia animais nem insetos no país de Biru. Tudo era silêncio.

Eu não conseguia dormir na cama de obsidiana, ouvia um farfalhar de serpentes. Papamundo repousava com um olho fechado e outro aberto e, de repente, do fundo de seu bico, gritou:

– Socorro! Socorro! Querem nos matar!

Os punhais dos sacerdotes das estrelas brilharam, um golpe e mais outro da pistola de sinalização, e a escuridão se tornou dia.

Ofuscados, os sacerdotes fugiram, e a lava crepitou sob nossos pés em fuga.

– Fugir é uma vergonha, mas salva vidas – disse o papagaio.

Corremos entre relâmpagos coloridos. O motor não ligava, o nível de combustível estava baixo; depois, uma faísca lhe deu vida. No mergulho no espaço, até as estrelas tremiam. Otumlo nos acolheria como um ninho, no sono sem sonhos.

Ao amanhecer, a terra na Eritreia já era ferida por tanques, e soldados brancos e pretos perseguiam-se como moscas.

Um capitão de baixa estatura, que inflava o peito, brigava com Beba: além das servas nuas, queria mandar embora Amalik e Tsahai.

– A guerra não é um jogo – repetia sempre.

– A vida não é um jogo, leve-a a sério – respondeu Beba e me chamou.

– Giulio, você tem de partir agora para a nova missão.

– Onde?

– Na corte do Grande Negus.

Enfiou em meu bolso um rolo fechado com um lacre vermelho e um bilhete no qual estava escrito: “Não jogue sua vida nas urtigas. E lembre-se: pés no chão e cabeça nas nuvens”.

– Não pense que vai me deixar em terra. Há muito tempo sonho em ir à corte do Grande Negus – disse Papamundo, voando ao meu encontro.

Ao decolar, vi do céu o formigueiro das tropas, flores de palmeiras, Beba, Amalik e Tsahai acenando para mim; depois, mais nada. Apenas o céu azul-cobalto.

2.
Na corte do Grande Negus

Ao amanhecer, o sol era de fogo na corte do Grande Negus. Corvos, falcões e gansos-do-Egito voavam no céu amarelo, e nas montanhas azuis, ao lado das minhas asas, planava a águia-real.

Da cabine, Adis Abeba parecia uma floresta. Eu não via edifícios, apenas árvores densas. Entre as folhas desfilavam hienas silenciosas, e os abutres bicavam os escassos restos dos homens famintos.

Os castelos dos antigos reis eram cupinzeiros de terra, as sombras ofuscavam as veredas, a hélice sugava o perfume dos eucaliptos, e as rãs cantavam. Ao amanhecer, a cidade-floresta estava envolvida pela fumaça de uma névoa doce e, quando o sol surgiu, o monumento dourado de Menelik brilhava. Mais à frente, entre os rios das nascentes quentes de Filwoha, ficava o palácio do Grande Negus: uma muralha redonda continha outra muralha, que continha mais outra. No centro havia um pátio quadrado, com colunas de esmeralda e, entre as colunas, o trono de alabastro do imperador.

Enquanto eu descia, os guardas do imperador gritavam das torres do castelo, que mais pareciam biscoitos, e das colunas de esmeralda. Os pedais do leme subiam e desciam, a hélice cortava as nuvens baixas, a fumaça cor de cereja ofuscava os escudos, e trombetas e bombardas ressoavam: "Você cospe chama, filho do inferno!".

Do solo vinham fachos inflamados. Eu me mantinha no ar e não esmorecia: uma morte triste, a de tocha humana. Veloz como uma abelha enlouquecida, eu empinava e fazia o motor roncar, encrespando o ar. Girava ao redor daquele palácio, hesitante entre a fuga e a aterrissagem e, enquanto traçava cata-ventos no céu, entre as colunas azuis, o imperador chicoteava seus homens e me dizia para descer.

Confiar? Não confiar? Sou confiante, por isso, depois de alguma hesitação, apontei a proa para o solo.

O Negus me olhava como se olha para um anjo voador. Tinha o cetro na mão, a juba do leão no pescoço, e seu manto, muito longo, roçava as patas de leões e girafas que circulavam livremente pelo palácio. Os soldados ajoelhados desenhavam uma corola de homens na relva, e depois que abri a porta da aeronave em meio ao silêncio, ouvi a voz do rei.

– Ó feliz habitante da Terra! Você traz venturas ou desventuras do céu?

– Tenho uma mensagem para vós, majestade.

– Seja bem-vindo quem traz palavras.

O Negus era de baixa estatura, tinha olhos pretos e belos e nariz pontiagudo como o das raposas. Envolvido no longo manto de ouro, Hailé Selassié parecia ainda menor. Era calmo e sagrado.

– Nunca perca a orientação, nem no céu, nem na terra.

Os janízaros, guarda-costas do imperador, afiavam as armas, os ministros estavam sentados e quietos nos assentos de alabastros, e ele me olhava.

– Qual é seu apelido, homem voador?

– Mosquito.

– Que nome ridículo, Mosquito! O homem já é tão pequeno, comparado ao elefante ou à montanha, que certamente não é favorecido por um nome que o diminui. Mude-o para "Vento". Parece-me mais nobre.

– Leia a mensagem, majestade.

– Não é o momento. Agora quero lhe mostrar minha corte e alguns segredos de governo, assim, você, embaixador com asas, poderá dizer ao seu rei que o Negus não é um negro selvagem.

– Quais são as regras do bom governo, majestade?

– É a alquimia de paciência, astúcia e domínio de si mesmo. A confiança do povo é uma cola necessária, e a lenda em torno do rei deve vibrar: eu construo a minha a cada dia que passa, pouco a pouco. Mato, se preciso for, e não dou muita atenção aos lamentos dos súditos. Eles sempre se lamentam. Porém, há mais coisas, observe e ouça, marinheiro do céu.

Dentro de nuvens de incenso, os leões bocejavam, e as sentinelas vestiam peles de leopardo. Em seus escudos de couro de elefante estava escrito: "Somos almas vivas e felizes habitantes da Terra".

Todos calavam quando o rei falava, e não voava nem uma mosquinha entre obeliscos, tapeçarias coloridas, girafas e gazelas. Das colunas de esmeralda caíam cascatas de água sulfúrea e enfumaçada, e nos tanques saltavam peixes arco-íris do Mar Vermelho. Eu olhava as maravilhas da corte, e o Negus falava de si mesmo.

– Nasci no último ano da grande fome. A meu pai devo a inteligência; a minha mãe, a imaginação; e a meu professor, o respeito pelos livros. Ele também coletava o saber de boca em boca, como as abelhas.

– Quem era seu pai?

– Meu pai era o rás Makonnen, homem inteligente e visionário. Morreu de repente; assim, tornei-me *degiac*[4] de Harar aos treze anos. Eu era um menino poderoso e, agora que sou um homem, a cada dia que passa, me torno cada vez mais poderoso.

Uma nuvem de mirra marrom se ergueu.

– Qual é o seu sonho?

– Quero unir as mil tribos abissínias em uma única nação e quero também a África unida, sem mais guerras de negros contra negros.

– Quer aumentar seu reino?

– Quero um pouco de mar, porque não o tenho. Sabe o quanto o mar é importante? Somente o mar dá a liberdade. Quem tem apenas montanhas fica fechado.

– Tem amigos?

– Quem tem poder não tem amigos, essa é a lei. Ao meu redor existem apenas servos, e se eu cair em desgraça, eles também desaparecerão. Espero nunca perder o poder, porque quem o perde adoece facilmente.

– O senhor é um homem forte.

– Assim parece. Na realidade, estou rodeado por espiões e envenenadores, e os generais já estão sonhando com o momento em que darão meu coração como refeição aos cães. Reino em um país de almas mortas, entre desertos, arbustos e camelos, onde se morre como moscas e misteriosamente. Dizem que sou um príncipe pensativo, e isso me convém: por acaso você conhece alguma coisa mais bela do que o pensamento? Dizem que não tenho sentimentos. Pois bem, os homens sentimentais são fracos. E você, homem aéreo, se comove?

– Sim, majestade.

---

[4] Comandante do corpo central do exército imperial etíope. (N. T.)

– Isso é mau: vão devorá-lo.

O Negus continuou:

– Vivo na cidade que projetei, gosto de escrever e viajar, aprendi a amar sem ilusões. Amo meu poder acima de qualquer coisa e gosto dos cães, dos jornalistas, dos literatos e dos magos.

E o rei dos reis era circundado por magos. Estavam ao seu redor como pombas brancas em um pátio e, entre túnicas claras e turbantes, arrulhavam suas fórmulas estranhas. Um dos magos, o mais velho, de turbante azul, acariciava-lhe os pulsos cheios de joias, e o Negus gorjeava ao receber a massagem, segurando o cetro de brilhantes.

– Majestade, o que significa mago?

– O primeiro mago era um sacerdote persa que interpretava os sonhos.

Gostava de conhecer as histórias de seu país pela boca dos magos e, nesse dia, um a um, interrogou todos. O primeiro a falar foi o mago de turbante azul.

– Senhor, um explorador de mares e montes, combatente valoroso contra exércitos ferozes, tem um medo insano de aranhas. Basta ver uma para desmaiar.

– Pois bem, transforme-o em mosca, assim seu medo terá um motivo.

Em seguida veio o mago de turbante vermelho.

– Senhor, um erudito de nome Aprósio está para escrever um tratado intitulado *O saber do mundo*, em cem volumes.

– Pois bem, mande esse presunçoso repetir todas as escolas, desde o abecê.

Depois, o mago de turbante prateado.

– Senhor, um camponês de Aksum pôs um anel no nariz. Diz que assim, quando morrer, sua alma permanecerá presa ao nariz e não voará.

– Pois bem, parece-me uma boa ideia. Dê dez táleres de ouro a esse homem. Assim, ele aprenderá a aproveitar a vida e a pensar um pouco menos na morte.

Em seguida, foi a vez do mago de turbante amarelo.

– Senhor, as ovelhas de Debre Libanos estão em silêncio. Não balem, não gritam e ficaram mudas.

– Descubra qual poção mastigaram as ovelhas mudas e obrigue os importunos a ingeri-la.

Depois veio o mago de turbante violeta.

– Senhor, um meteorito azul caiu no Lago Tana.

– Que notícia esplêndida! Vá pegá-lo para mim.

As girafas giravam contentes, os mendigos da corte me puxavam, e um menino, beliscando-me, perguntou:

– Você é de verdade ou é falso? Como faz para ser tão branco?

Atrás dos magos, em um canto, estavam os desgraçados do reino: leprosos, cegos, homens e mulheres acorrentados e, sobretudo, um homem, ainda jovem, com as mãos costuradas uma na outra com fio de ferro. O fio de ferro transpassava a carne ensanguentada.

– Por que essa punição, majestade?

– Vergonha: esse homem roubou o próprio pai. Com as mãos atadas, nunca mais poderá roubar, nem seu pai, nem os outros.

– Isso não é justiça, é crueldade.

– Pequeno piloto, todo povo tem as suas crueldades. Acha que a sua Itália não pratica nenhuma?

Calei-me, lembrei e tentei esquecer. As girafas mantinham as orelhas eretas, e o Negus olhava para seus ministros. As mangas de suas túnicas prateadas mediam mais de dez metros e se arrastavam pelo chão, de modo que, dentro delas, os pobres ministros não podiam mover as mãos.

– Os ministros têm de usar o cérebro e apenas ele, assim são as coisas por aqui – explicou o rei.

Primeiro falou o ministro "do mar do desejo".

– Majestade, depois de uma tempestade, resgatei um mergulhador no Mar Vermelho, e em terra esse homem não para de chorar porque sente saudade do mar. Diz que a terra é um naufrágio na melancolia.

– Qual é o projeto do mergulhador?

– Quer seguir as sereias do mundo.

– Jogue-o de volta no mar.

Em seguida, foi a vez do ministro da agricultura.

– Majestade, soube que um soberano da Antiguidade, um tal Montezuma, cultivava em suas terras um pó afrodisíaco, do qual se nutria à vontade.

– Como se chama esse pó?

– Cacau.

– Semeie todo o meu reino com cacau.

Depois, o ministro dos presentes se dirigiu ao rei.

– Majestade, um camponês de Adishe quer lhe dar de presente a semente da vida longa. Ao mastigar a papa da semente cozida, o senhor viverá mais de trinta e seis mil dias.

– Deus me livre! Que tédio! Tenho mais de quarenta anos nas costas e já conheço demais o mundo.

Em seguida, veio o ministro da geologia.

– Majestade, descobri a gruta da poesia.

– Mande para lá aqueles literatos sem inspiração e que escrevem apenas sobre seus ressentimentos.

Depois, o Negus olhou ao redor, buscando seus escritores, e os chamou em meio à multidão, junto aos pobres, aos ministros e aos magos.

– Homem-pássaro, estes são os escritores do Estado. Escrevem para me deleitar, decidem o que o povo deve ler e recitar, são juízes dos prêmios. São os acadêmicos, muito poderosos em vida, mas ninguém os lê depois que morrem. Venham, venham aqui, almazinhas...

Após reunir seus escritores, vestidos de lantejoulas, ordenou-lhes que recitassem para mim os títulos dos melhores romances.

– Espero que algum romance surpreenda sua imaginação, caro hóspede voador; assim, você poderá mandar que o traduzam.

Elias Mulugeta desfiou para mim seus títulos:

– *Canto fúnebre para um homem só*; *Como eu gostaria de morrer*; *O que é importante na morte*; *A longa morte de minha tia*; *A morte da Lua*.

Tadele Alemu desfiou os seus:

– *Os entediados; O cólera; Meditação abissínia; O pastiche de pistache; Cale-se, por favor.*

Gostei apenas do último título, mas não tenho a autoridade da cultura e, enquanto tentava explicar isso ao rei, ele me deu lições de literatura.

– Homem voador, se você escrever, lembre-se de ser breve. A página seca é melhor do que a úmida. Não coloque glacê nem frutas cristalizadas e não entristeça o leitor. Não olhe apenas para o seu umbigo, mas, antes, para o mundo que está ao seu lado, o distante e o próximo. Use poucas palavras, como se cada uma fosse um táler. Se a escrita o cansa, mude de ofício.

– Majestade, mal sei ler. Os únicos livros de que me lembro são os que meu pai lia para mim no inverno, diante da lareira. Eram livros de aventuras.

– Você tinha um bom pai, piloto.

– Sim, e cuidava de mim.

– Ele morreu?

– Sim, majestade.

– A morte do pai é uma punhalada no coração. Os árabes chamam o pai de "Ab": "a" e "b" são, para eles, as primeiras letras do alfabeto. Sabe o que quero dizer, homem do céu?

– Não, majestade, sou um homem simples.

– Quando morre seu pai, morre a origem da sua vida. Morre a sua primeira parte, e você se torna um cavalo sem cabeça. Sim, você é um cavalo e corre, galopa, mas já não tem cabeça.

Nesse instante, um forte galope cortou o ar. Sete cavalos pretos puxavam uma carroça a toda velocidade, aproximavam-se vindo pela beira do precipício e, a cada curva, pareciam prestes a despencar. As chicotadas estalavam, e a corrida era desenfreada. Pelas crinas ao vento escorria o suor, misturado ao sangue do freio muito apertado e, assim, entre poeira e gemidos, a carroça chegou ao rei.

Ele espiou a carga escondida pela tela de linho e apertada por cordas espessas. Então, com passos de dança, cimitarras no ar e ao ritmo do tambor, seus soldados cortaram os nós. O soberano ergueu a tela lentamente, como quando se levanta o lençol de um menino que dorme. O meteorito azul era um raio do céu, cintilava como uma safira iridescente; as pontas brilhavam em azul-cobalto, e o coração era transparente, como uma pérola recém-pescada. Fez-se silêncio.

Ao ver meu espanto, o rei disse:

– Hóspede do vento, o céu me mandou de presente o meteorito azul no Lago Tana, e vou lhe dar um fragmento. Guarde-o para sempre: é o sinal de nossa amizade.

Com o punhal, arrancou uma escama do mineral e a enfiou em meu bolso, onde ela continuou a brilhar em tom de azul. Brilhava de forma intermitente, como um fósforo assoprado, e o rei me ensinou:

– O meteorito revela sua força vital: quando o azul é intenso, significa que você é forte; quando o azul vai desbotando aos poucos, significa que você é fraco. Não me olhe dessa maneira estranha, marinheiro do ar. Essa é a minha ciência, muito diferente da sua. Você acredita que a ciência é uma só, mas ela é mil, duas mil e até Babel.

– Majestade, estou confuso: sua corte é muito diferente da minha.

– Por isso você deve ser feliz. Viajar é ver maravilhas, não a velha tapeçaria de casa. Se a diversidade o amedronta, você é um turista; se a diversidade o excita, você é um viajante: é só escolher. Quem é diferente de você não é louco.

Quando o rei pronunciou a palavra "louco", de seu longo manto de ouro ergueu-se um furacão que semeou o caos na corte. As sentinelas batiam na cauda da vestimenta, os magos a aspergiam com água mágica, os ministros pontificavam e, após uma patada de leão, dali debaixo saiu, assustado, um homem esquisito. Era elástico, sem pálpebras, e as sobrancelhas saltavam sobre dois olhos orientais que subiam como golfinhos, dando àquele homem-menino um ar de infinita melancolia. Seu queixo era redondo como o cetro do rei, e suas mãos se moviam como as rodas dos hamsters em gaiolas, com colunas no centro e turbilhões nos dedos. O homem me olhava sem falar.

– O louco, o louco, o louco do rei – dizia o coro dos ministros.

E o rei:

– O louco Meleku é o único homem que não me cansa. É sempre curioso, suas perguntas tocam fundo, e ele conhece bem os homens e suas dissimulações. Cada coisa para ele tem o peso que tem. Ficou aqui escondido para poder julgar você melhor. Diga-me, Meleku, o que pensa do nosso hóspede de asas?

– Senhor, ele não é malvado, mas o chefe dele é.

– O que está querendo dizer?

– O homem com asas nos pés é leve, voa levemente sobre o planeta, que é pesado. Vem de uma terra cheia de fuinhas que querem nos comer. Todos os animais têm fome.

Papamundo procurava em vão sementes de girassol, e seus olhos de rubi giravam.

Quando o rei olhou para o rolo com lacre vermelho, ficou aterrorizado. Queria e não queria tirar os selos, mas prometera ler a mensagem à noite, e o sol ainda estava no meio do céu. Para evitar o embaraço, que não convém aos reis, mudou de assunto.

– Meleku, fale ao nosso hóspede sobre as maravilhas do meu reino, depois ele falará sobre as suas.

E Meleku:

– Nos domínios do rei dos reis, nascem e morrem elefantes, raposas, hipopótamos, grous, antílopes, leões, leopardos, macacos, babuínos, tartarugas, cegonhas, pelicanos, flamingos, garças-reais, girafas, zebras, homens e mulheres. Os homens e as mulheres têm a pele negra. Muitos homens andam nus porque não sentem vergonha e não querem ir ao alfaiate. Aqui, os homens amam as mulheres, as mulheres amam os homens, e eu chamo o amor deles de miragem.

– Meleku, você está contando coisas óbvias. Fale das extravagâncias do meu povo.

– Na Abissínia vivem homens bons e homens cruéis, mulas brancas, pequenas como cordeiros, e gafanhotos com patas de gato. Há pedras que ardem e pedras que emitem sons, encantadores de diabos e de peixes, mulheres com cara de anjo, impostores, piolhos com alma, peixes que parecem biscoitos e falcões-peregrinos.

– Você não está dizendo a verdade, Meleku, e está voando alto demais.

– Quando se voa alto, tudo o que é baixo parece maravilhoso. Depois, aterrissamos e sentimos enjoo – disse Papamundo.

Meleku sorriu e, nesse instante, a simpatia nasceu entre ambos, mas ele tinha de obedecer a seu rei.

– Senhor, é verdade, estou voando alto demais, agora vou descer. Na Abissínia há um rio no qual corre mel e outro no qual corre fel; há um homem que se alimenta de terra e outro que se alimenta de ar. Há um homem que vive sem coração e outro que vive sem cérebro; há uma galinha com pelos e um homem com cauda. Há uma aldeia onde o sol brilha dia e noite, e outra onde a lua brilha noite e dia. E há ainda uma região comandada pelos velhos e outra comandada pelas crianças.

– Homem sem penas, você ainda não conhece meus filhos – disse, então, o rei.

Uma ninhada de crianças entrou esvoaçando ao badalar de um sino. Alguns estavam vestidos ao modo abissínio, usando colares com pingentes de abelha; outros estavam vestidos como soldados, com divisas e viseira em miniatura. Eram centelhas e pulavam no pai como pulgas.

– É mais feio do que um fantasma – disse um deles a meu respeito.

– Você tem filhos? – perguntou-me o rei pai.

– Sim, majestade, na Itália. São três e mal começaram a falar.

– As crianças crescem rápido. Quando você as deixa, não sabem dizer nem "a" nem "b", depois as encontra falando de Salomão. Meleku, você que vê na raiz das coisas, diga-me: o que farão meus filhos?

– Majestade, quero e não quero dizer.

– Coragem, fale.

– Um deles o trairá, outro não terá um centavo, e todos deixarão o reino.

– Meleku, você não bate bem da cabeça.

– Majestade, um dia minha loucura agrada, em outro é desprezada: essa é a firmeza dos reis.

– Não acredito no que está dizendo.

– O mundo é uma clepsidra, amado rei. E há quem a inverta de repente.

O Negus não queria ouvir mais nada. Os ministros já sussurravam, os magos trocavam olhares, e os guardas afiavam as lâminas. Desse modo, mudou de assunto:

– Meleku, o que farão os filhos do homem voador?

– A menina cuidará dele quando ele envelhecer, o segundo estudará os olhos, e o mais velho, que nasceu sob um arco-íris, será um cientista.

Como aquele bufão sabia do arco-íris? Fiquei fascinado, e ele continuou a falar de maneira misteriosa.

– A pupila é redonda como o mundo, o mundo é redondo como o Sol, o Sol é um grande olho. O agave é maravilhoso, a palmeira é nobre. A tristeza faz bem, a alegria é pouca. Sempre se morre cedo demais, e sempre se sobrevive à morte dos outros.

O céu enrubescia. Meleku era iluminado na cabeça por um raio alaranjado, e sobre nós caíam pétalas de hibisco. Papamundo ouvia atentamente Meleku, que já não tinha freios.

– Há uma parte do cérebro que controla a moral? A alma é igual para todos? Por que as notícias ruins chegam rápido e as boas nunca chegam? Por que a realidade nunca respeita meus sonhos? Por que o dia tem 24 horas? Por que os dias da semana são sete? Por que a dimensão das coisas é a que é? Por que sou louco?

Estávamos cansados; o rei olhava para o ar; no ar voavam os *bishus*, pássaros coloridos que saltavam sobre os leões; os leões bocejavam, assim como os ministros, os escritores e os magos.

Um dos filhos do rei dos reis me fisgou da minha babel:

– Homem branco como leite, fale-me das maravilhas do seu país, tal como nos prometeu.

– Venho de Stromboli, uma ilha vulcânica que cospe fogo. Sob a lava da cratera, no mar, há um abismo onde vivem os peixes mais felizes da Terra. São felizes porque são transportados pela corrente e não movem nem uma barbatana. Também fazem amor quando são transportados pelo fluxo e morrem dormindo, sem perceber nada.

– Piloto, essa é uma história sem sangue – disse o rei.

– Em Stromboli vive um arqueólogo que quer descobrir Atlântida, um reino maravilhoso que desapareceu há milhares de anos.

– Seu povo é estranho, aviador. Está me dizendo que um homem está consumindo a própria vida para buscar o que já não existe. E mais: se esse reino era maravilhoso, quem lhe garante que era lá, e não na África? Por acaso acha que tudo o que é bonito está na sua jovem Europa?

– Sinto muito, majestade.

– Tente imitar o estilo enxuto de Meleku.

– Em meu continente vivem e morrem cavalos, ovelhas, cabras, cães, gatos, javalis, raposas, pássaros, lobos, homens e mulheres. Os homens e as mulheres têm a pele branca, moram em casas de alvenaria, cheias de objetos. Têm muitas roupas, nunca andam nus porque têm vergonha e querem ir aos alfaiates. Os homens e as mulheres se apaixonam, depois se casam e, assim que se casam, se desapaixonam.

– Você ainda é ingênuo, homem voador, tenha mais imaginação!

– No continente branco há uma ilha de gelo com neve o ano todo, uma ilha onde as mulheres são leves como pipas, uma ilha onde os limões florescem, uma ilha onde vivem matemáticos que medem tudo, até a areia. Tivemos a fome, mas agora não mais; tivemos a peste, mas agora não mais.

– Agora nos fale de alguma cabeça coroada de vocês, piloto branco.

– No leste vivia um conde chamado Drácula, que se alimentava do sangue das mulheres bonitas. No sul vivia um soberano católico chamado Fernando, que queria mandar os judeus para a fogueira. No norte vivia um rei chamado Henrique, que matou sete esposas. No oeste vivia um imperador chamado Luís, que foi trucidado com sua rainha em nome da liberdade...

– Quanta crueldade há entre seus reis! Acabe com esse tormento! – disse o Negus.

A noite caía rapidamente, as montanhas já haviam enegrecido o sol, e as primeiras estrelas da noite brilhavam. Na África, a noite corre. Os olhos dos cortesãos se fechavam; os filhos do rei desapareceram depois das reverências; as caudas moles dos leões deslizavam; as orelhas das girafas estavam baixas.

O Negus olhava para meu rolo com lacre vermelho, queria e não queria mostrá-lo a seus ministros. O momento era solene, e ele permanecia em silêncio. De repente, levantou-se do trono, afugentando seus cortesãos como *bishus* coloridos, e rompeu o lacre do rolo com calma, como se o papel fosse de cristal. Mantinha os olhos abaixados enquanto os longos cílios pretos ziguezagueavam pelas palavras da correspondência, batida rudemente à máquina. Não consegui ler muita coisa, estava escuro e o soberano segurava a folha com firmeza. Lembro-me de que a palavra "guerra" aparecia várias vezes e era sublinhada. O Negus chorava.

– As palavras que você trouxe são amargas. Embaixador de desventuras, pegue suas asas e parta rapidamente.

Eu devia obediência ao rei dos reis e, cabisbaixo, aproximei-me de meu aeroplano.

– Por favor, deixe-me ir com você. Quero ver o céu – gritou Meleku.

– Se esse for o desejo dele, leve-o com você, desde que sua viagem seja breve. Não quero ficar sem ele, não quero ficar sozinho – disse o rei, acariciando a cabeça redonda do amigo.

– Majestade, nos veremos em breve.

– Homem do ar, é uma ilusão pensar que as despedidas são passageiras; na verdade, quase sempre são por toda a vida.

Meleku segurava uma lira de casco de tartaruga e tocava uma cantilena melancólica. Do céu preto, vi o rei dos reis cada vez menor. E desaparecer.

3.
Pulgas e bombas

No céu violeta reluzia o nariz de mercúrio de Vida Nova, e Meleku gritava sua admiração ao infinito:

– Uuh, ooh, uuh!

E suas vogais longas iam longe no espaço. Imerso na noite, com olhos cintilantes de falcão, eu via o fugaz Nilo Azul, o Lago Tana prateado sob a lua, o nervoso rio Tacazé e o pálido planalto de Shire.

– Nos picos das montanhas estão os deuses, e nos desfiladeiros se escondem os diabos – disse Meleku.

Com as luzes baixas e o vento na cauda, caímos na névoa noturna e voamos na incerteza, como se estivéssemos dentro de um refrigerante. O céu, a Terra, a Lua e a Via Láctea tinham desaparecido. O meteorito azul tinha cor de pérola.

– Precisamos nos apressar antes que tudo desapareça – disse Meleku.

Papamundo batia o bico, e o bufão tocava a lira de tartaruga para dissolver o medo e a névoa:

Quem me deu esse empurrão
e me fez subir no avião?
Morro de medo de voar,
não quero me aventurar.
Quando o homem voa,

corre como a pólvora.
A pólvora gira no ar,
cai no chão e torna a girar.
Mas que vida é esta,
suspensa por um fio?
Prefiro que seja festa,
do contrário, me arrepio.

Logo depois veio o vento, bem devagar, e o céu libertou suas transparências azuis, a Lua e a Via Láctea, enquanto a noite estava para morrer. Então, o papagaio e o homem voltaram a cantar, desta vez com alegria:

Voe e seja feliz
o mundo está por um triz;
abra as asas e vá,
a vida é a coisa mais bela que há.
No céu, o mundo é distante,
e o coração bate, retumbante.

Meleku cantava e cantava, depois falava e falava. Era um homem livre, não conhecia regras nem silêncio, e meu cansaço afundava sob o rio de suas palavras. Fazia muitas horas que eu pilotava sem plano de voo. Tive medo de me perder e cair nas armadilhas do vento africano. Meu coração batia como as asas de uma galinha, e Meleku cantava e falava, cantava e falava:

– Aonde estou indo, papai? Talvez seja melhor ir sem perguntar para onde; ir embora, para longe. Falo em qualquer lugar, falo e esvazio os porões do cérebro, e falo com mais liberdade ao voar. Vai-se do luto à alegria, como clepsidras, e a fortuna gira, a fortuna vai embora e volta raramente; algumas vezes chega um tornado. Há mais miragens na vida de um homem do que estrelas no céu.

O céu azulava, e ele continuava a recitar cantilenas.

– Se um mosquitinho se afoga no vinho, sua morte é doce. Se um homem se perde no espaço, sua morte é doce. Às vezes, a morte é doce.

– Chega de enigmas – ordenei.

– Então, vou contar histórias, amigo: era uma vez o padre Gianni, Gog, Magog e Quasideus; havia dragões voadores, formigas gigantes e pedras que iluminavam a noite como se fosse dia. É sempre assim com os tempos antigos: contam-nos que os homens eram felizes, mas, na verdade, eram mais tristes que nós, passavam fome, sede e carestias. Essas histórias do passado são todas mentirosas.

Encantado, Papamundo olhou para ele e lhe falou de Otumlo.

– Em Otumlo estão nossos amigos: o capitão Mondio, que, quando fala, é mais denso do que uma manga; Tsahai, que é bela como o Sol e tem duas libélulas azuis nas orelhas; e Amalik, que é o escravo mais livre que muitos reis que conheço.

Em Otumlo, os faróis rosa-morango não brilhavam como em minha primeira aterrissagem. Os hangares estavam enjaulados na fumaça, as aldeias ao redor ardiam, e os telhados de palha dos *tukul* crepitavam. Sibilos, assobios e estalos de metal estrangulavam os barridos, a pista estava coberta de galhos escorregadios, e aterrissei como se estivesse em um trenó. Não se ouviam as cantigas das servas no ar, e sim balas que voavam e perfuravam as nervuras das asas e a fuselagem, deixando-as como um escorredor de macarrão. Não queriam me ferir, apenas me assustar, e conseguiram, pois eu tremia como uma vara verde.

– Aviador estúpido! É proibido aterrissar sem permissão. Estamos em guerra, e a guerra não é um jogo. Você está preso! – gritou um capitão.

Furacão estava montado em um cavalo preto. Em seu chapéu brilhava uma chama cintilante, e do ombro descia uma faixa de veludo preto até a cintura. No veludo estava escrito: "Viver perigosamente". Tinha os lábios finos e as mãos duras, o pomo de adão oscilava para cima e para baixo a cada subida e descida de tom; a barbicha no queixo parecia ter sido esculpida com bisturi, de tão perfeita que era.

– Aviador de circo, nas veias dos homens corre sangue, fogo ou água. Nos homens normais corre sangue; nos fracos, água; e nos verdadeiros soldados corre fogo. O que corre em suas veias? Limonada?

– Capitão, volto em voo livre de uma missão delicada. Ontem entreguei uma mensagem militar ao rei dos reis.

– Use essa alta distinção para o nosso rei italiano. O rei abissínio não passa de um negro selvagem.

Meleku e Papamundo se esconderam debaixo do assento. Curiosamente, pela primeira vez ficaram em silêncio.

Ao redor do capitão, havia uma corola de áscaros eritreus de chapéu vermelho, em forma de cilindro. Suas trombetas gritavam hinos de guerra contra o céu azul. Havia apenas corvos no ar. Na areia, tacões de botas pretas marcavam o passo junto com as baionetas.

Do céu à prisão, que passagem difícil: minha jaula media dois metros por dois. Eu estava na companhia de uma lagartixa ressecada, de uma aranha preta e de uma multidão de pulgas que, em língua abissínia, são chamadas de *cunitchá*, e conversava com elas, pois sou um homem sociável.

– Queridas pulgas, vocês são quase invisíveis, mesmo assim aborrecem. Por que as pequenas coisas aborrecem muito mais do que as grandes? Como fazem para saltar tão alto e com tanta rapidez?

Também medi o corpo de uma pulga e o salto que ela dava. Enquanto eu tentava estabelecer o quanto um homem poderia saltar se tivesse nas pernas a mesma energia que uma pulga tem em suas patas; enquanto eu estava para chegar à conclusão de que um "homem pulga" poderia saltar até trezentos metros, fui interrompido no meio dos meus cálculos por uma voz.

– Piloto Mosquito, as coisas vão mal por aqui. Adeus, liberdade, adeus, África.

Eu não conseguia ver nada através das grades.

– Você, que tem o dom das asas, não reconhece mais seu velho amigo?

– Mondio!

– Caro amigo, está chegando o tempo dos assassinos. Nosso chefe quer conquistar a Abissínia rapidamente, antes da estação das chuvas. Tanques, baterias, morteiros, metralhadoras e fuzis se multiplicam como pães e peixes. A essa altura, tudo está pronto para a guerra.

As pulgas bombardeavam meu corpo, eu me estapeava para esmagá-las e me coçava até sangrar. Sim, eu tinha sangue nas veias; nelas não havia traço de limonada, muito menos do fogo do qual falava o capitão apaixonado pela guerra.

– Como vai, capitão Mondio?

– Giulio, não sou mais capitão, não sou mais nada: fui rebaixado, limpo as latrinas dos soldados, e Furacão me dá ordens. Que homem estranho! Tem uma caveira da sorte tatuada no ombro e outra pintada nas asas do biplano.

– Por que foi rebaixado, meu capitão?

– Era noite de lua cheia, uma noite sagrada para os pastores cabilas. Eu, Amalik e Tsahai dançávamos nus ao ritmo do *masinko,*[5] e o comando descobriu. Dizem que a corte marcial foi clemente: Tsahai e Amalik estão na prisão, e eu perdi tudo, inclusive a honra. É o que dizem.

Mal tive tempo de confiar a Mondio os destinos de Meleku e Papamundo quando uma folha com uma bela caligrafia deslizou pelas grades até meus pés. Tratava-se de um vade-mécum de guerra enviado por Furacão, no qual se lia, no pé da página, a seguinte frase escrita em caracteres maiúsculos: "PARA SER DECORADO".

Resgatado nas gavetas da minha memória, ainda hoje me lembro dele:

"O perigo é um prazer, o perigo faz bem ao coração, e na batalha o guerreiro não conhece hesitações. Ataque apenas com ferro e fogo, as palavras não têm a força do ferro e do fogo. Queime os campos e as aldeias do inimigo, proteja-se dos espiões, não confraternize com os ocupados. Fortaleça a si mesmo e enfraqueça o inimigo. Você enfraquecerá o inimigo privando-o de alimento, ferro e liberdade. Você é vencedor: trinta séculos de história lhe permitem olhar com piedade o povo que ignora a escrita."

Recitei a proclamação militar sob o sol quente, e enquanto Furacão sorria, a luz feria meus olhos e os cantos de guerra me pungiam.

Em seguida, no escuro, trancado na cela junto com a lagartixa, a aranha e as pulgas *cunitchá*, eu me coçava e pensava. Pensava na liberdade, no céu e no destino dos meus amigos; depois, na escuridão, cada vez mais sozinho, hora após hora, meus pensamentos se clarearam. É estranho o quanto a solidão transforma o cérebro em cristal. Eu via sem ver, pensava, sonhava, e ainda assim me faltavam

[5] Instrumento de cordas tradicional da Etiópia. (N. T.)

as palavras dos homens. Faltavam-me tanto que eu tinha a impressão de ouvi-las: então, tentava apanhá-las, como os vaga-lumes de verão, mas quando eu aguçava os ouvidos não ouvia nada. Apenas as pulgas e o silêncio.

No terceiro dia, fui libertado sob o grande céu africano. Minha pele estava coberta de manchas vermelhas, dilacerada pelas pulgas, e Vida Nova também estava coberto de manchas verdes e marrons: pronto para se mimetizar na guerra. Eu queria voltar a voar. Em um dia Furacão dizia que sim, no outro dizia que não, até que um telegrama chegou a Otumlo.

"Reabilitar tenente Giamò. Distribuir palavras é importante na paz e na guerra. Pt."

Assim, voltei a voar. Meleku e Papamundo ficaram escondidos na cabine, encolhidos como gatos. Alimentados com água e mel por Beba, encontrei-os ainda mais alegres e bem-dispostos no retorno ao mundo do que antes. Amalik e Tsahai também seguiram adiante à base de água e mel por meio de um canudo pendurado no teto da cela, e estavam ainda mais bonitos. Ela vestia fios de pérola na horizontal, nos quadris, e fios de pérola na vertical, sobre o púbis; não tinha mais nada, e as libélulas azuis a rodeavam, felizes.

– Vocês são estranhos. Parece que não se importam em viver com alegria – disse ela.

– São escravos das próprias regras – disse ele.

O meteorito azul reluzia porque eu havia voltado a voar com minha corte de amigos, livres e leves, sobrecarregados apenas pelos pacotes de correspondências que eu semeava. Eu os lançava com naturalidade, como o lavrador que lança o grão, e, antes de cair, o paraquedas dançava valsas nas nuvens. Eu aterrissava em qualquer lugar e não dormia mais.

– Os homens têm tanto o que contar uns aos outros! – disse Papamundo.

Meleku tentava ler os mapas de aviação, mas confiava mais em suas virtudes de rabdomante.

– Ali fica o obelisco que indica o caminho; ali há uma montanha em forma de joelho; na crista daquele monte existem árvores em forma de cílios; aquele brilho indica a presença de ferro; naquela aldeia os habitantes foram devorados pelos leopardos...

Meleku também conhecia as rotas dos pássaros migratórios: falcões, flamingos e águias-rabalvas podiam perguntar a ele o caminho de volta para casa ou para hibernar. Nunca se está sozinho no céu.

Muitas vezes, durante o voo, ele me repetia as palavras do Negus.

– Nunca perca a orientação, nem no céu, nem na terra.

– Apenas os animais nunca se perdem – disse Papamundo.

O amigo do rei olhava a bússola com desconfiança e teorizava até sobre os pontos cardeais.

– Como somos inquietos na terra! Todos se movem sem parar, e os homens que não têm asas nem barbatanas se movem mais do que os outros. O homem que vive no norte vai para o sul, e o que vive no sul vai para o norte. E quem está no leste e no oeste tampouco fica atrás: esses também mudam os pontos cardeais. O homem é tolo de não ficar parado: com o lampião, sempre busca problemas fora de casa. O que o leva a sair por aí? E, sobretudo, quem?

Sempre de mãos dadas, Amalik e Tsahai se acariciavam, mesmo nas alturas. As libélulas a rodeavam e, quando ela dormia, também fechavam as asas. Durante o dia, Tsahai contava fábulas.

– Era uma vez um homem que desenhava nuvens, mas nunca terminava seus desenhos porque as nuvens mudavam de forma a todo instante.

– Conte-me uma fábula de amor.

– Certo dia, um homem disse à sua mulher: "Vou devorá-la com meus beijos", mas ela não fugiu; ao contrário, ficou feliz.

Meleku era um homem alegre no ar; consultava os mapas, separava as correspondências, construía colunas de cartas para cada província abissínia: Tigré, Gojjam, Sidama, Kaffa, Shoa, Ogaden e Danakil. Depois, ainda dividia as colunas por zonas e vilarejos.

Quanta gente conheci! Um rosário de homens e mulheres, alegres e tristes, esparsos como grãos de painço na grande Abissínia.

Em Mota vivia um oficial apaixonado. Antes de migrar para o Chifre da África, Hernando havia conhecido uma enfermeira em Racalmuto.[6] Mal se viram e logo tiveram de se separar; por isso, não tiveram tempo de conversar. Sabiam apenas o nome um do outro e alguns detalhes sobre a vida, mas tinham se apaixonado: ele pensava nela, e ela pensava nele.

Por carta, entre a Sicília e a Abissínia, falavam de tudo, até mesmo das cascas de ovo: o que não se haviam dito, o que queriam ter dito e muito mais. Cada envelope era um volume enciclopédico: para os apaixonados, tudo o que pertence ao outro é muito importante.

O oficial médico estava sempre olhando para o céu, à espera de Vida Nova, e nem sequer me cumprimentava para poder ler logo os volumes.

---

[6] Cidade italiana na província de Agrigento (Sicília). (N. T.)

– Antes de conhecê-la, eu estava sozinho com a minha inteligência, mas desde que a encontrei, não penso em outra coisa a não ser nela. Na minha cabeça só existe ela.

– Que estorvo! – disse Meleku.

– Essa mulher invadiu seu cérebro e ele ainda fica satisfeito. Que criaturas estranhas são os homens apaixonados! – disse Papamundo.

Amalik e Tsahai não se admiraram, e Meleku cantou:

O amor para sempre
é apenas um engano,
e quem nele acredita,
causa seu próprio dano.
O amor é tirano:
a cada fim de ano,
esse engano
tão mundano
torna-se profano.
Já dizia um soberano,
que de amor ficou insano.

Às margens do Lago Ziway vivia uma princesa abissínia de nome Itegue, que dizia de si mesma:

– Nasci de uma família nobre em uma terra ignóbil.

Recebia sua correspondência de Jerusalém, onde vivia uma de suas irmãs, também princesa. Itegue queria ir para lá, mas não tinha os táleres para a viagem; por isso, estava sempre suspirando e se admirava com a paixão italiana pela Abissínia.

– É uma terra de pedras, selvagens e serpentes. Qual miragem trouxe vocês até aqui? E ainda querem ser os donos dessas quatro valas! No entanto, sua pátria é esplêndida:

nela estão Milão, Florença, Palermo e Catânia. Aqui, ao contrário, há apenas *tukul* de lama, caros amigos mensageiros do céu.

Também éramos mensageiros do céu para Filippo Berto, o comilão. Eu sempre lhe entregava misteriosas cartas de Nápoles, rígidas como tabuletas, que ele logo apanhava e se escondia. Para nos agradecer, de vez em quando nos oferecia alguns restos de comida: ossos de frango, grãos de café torrados, migalhas. Após uma aterrissagem inesperada, sempre o encontrávamos mastigando alguma coisa, com o queixo sujo de molho, a saliva tão úmida e suculenta que algumas gotículas sempre escorriam do lábio superior, como a baba da iguana. Esse homem sempre falava de comida e achava que tinha vindo ao mundo apenas para estar à mesa. Diante de suas cartas napolitanas, iluminava-se como uma lâmpada. Mas o que haveria dentro delas?

Certo dia, descobri com a luneta: era torrone branco, recheado com amêndoas e pistaches.

Éramos sempre esperados em todos os lugares. Em Dessie vivia o aviador Tito Minniti, famoso por seus ataques de coragem. Eu levava as cartas de sua mãe, que ele lia com severidade; depois, ao deslizar os olhos pelas linhas, seu rosto sério se transformava no de um menino. Era um bom rapaz moreno, que fingia ser feroz e, quando falava de guerra, inflamava-se.

– Com a vitória, a civilização chegará à Abissínia.

– Qual, das mil civilizações que existem? – perguntou o papagaio.

Adeus, pequeno vilarejo de Otumlo: a guerra estava para eclodir. Eu via filas de tanques arranhar a terra vermelha, falanges de soldados com as baionetas reluzentes ao sol, e armas, armas, armas.

Em 3 de outubro de 1935, na fronteira com a Eritreia, explodiu o estrondo das tropas armadas até os dentes. A guerra começava, e o meteorito estava muito pálido.

Não sei dizer se é melhor viver a guerra em terra ou do céu. Sei apenas que, do céu, é muito feia. É um banho na morte.

No entanto, no início, parecia um passeio: rompendo a fronteira com a Eritreia, não se via nem mesmo a sombra de um soldado do Negus. As tropas marchavam sob um sol a pino, com cansaço, mas também com alegria: os áscaros cantavam; os dubats, de torso nu, pareciam companheiros de armas de Aquiles; as mulas transportavam víveres e água; tanques de assalto e veículos blindados abriam as estradas. Era difícil marchar entre cardos e penhascos salientes, em curvas vertiginosas, sobre pedras pontiagudas que cortavam os pés. No entanto, o exército avançava.

Entre os primeiros estava Furacão, entre os últimos encontrava-se Beba Mondio, e os dois se ignoravam com diplomacia, cada um convencido de que o outro fosse tolo.

– Beba e Furacão são dois apaixonados, cada qual com uma paixão diferente na cabeça – disse Meleku.

No acampamento da terceira noite, sob a lua cheia, os dois se sentaram próximos um do outro por acaso.

– Está vendo como o moral da tropa está alto, Mondio?

– Você está embriagado de morte.

– A guerra é filha da paixão e eclode quando a paixão pela vida é excessiva.

– Você disse bem, excessiva, a guerra é excessiva, mas eu, homem simples, prefiro uma vida tranquila e em paz.

– A paz é um sonho do sonhador, a guerra é a história do homem.

– Não se deixe seduzir.

– E você, homem sem sangue, por acaso não se deixa seduzir pelo seu travesseiro? Diga-me: onde gostaria de morrer?

– Na minha cama.

– Você é um covarde.

– E você? Onde gostaria de morrer?

– Em batalha.

– Não vai ser difícil, você está sempre na primeira fila.

– Chega, chega, aves de mau agouro! Pensem em viver em vez de morrer – gritou Papamundo.

– Eu deixo que ele fale; seja como for, está mais vivo do que uma cabeça de alho – disse Beba.

– Capitão Furacão, quer seguir as operações de guerra do alto, junto comigo? – perguntei, tentando separar os dois.

– O futuro da guerra pode até estar na aviação, mas neste momento, eu, Furacão, quero aproveitar a força e a beleza da peleja, da poeira, do sangue vivo que escorre ao meu lado.

– Caro capitão, tenho a impressão de que os soldados do Negus estão solitários em suas cabanas, pois ainda não se viu nenhum deles – disse Beba.

E por muitos dias a guerra lhe deu razão: viam-se apenas cabras e homens dispersos. Como se havia espalhado o boato de que os italianos aboliriam a escravidão, alguns escravos se aproximavam das tropas em marcha e perguntavam:

– Agora que estou livre, quem vai me dar comida?

– Não se preocupe, os brancos vão pensar nisso, acima de tudo – respondia Amalik.

– São clementes e se apaixonaram pela África, fique tranquilo – dizia Tsahai, sempre acompanhada por suas libélulas azuis.

A guerra seguia adiante aos solavancos, de norte a sul, sempre no sul, à espera do grande conflito.

Meleku estava ansioso por seu rei e de mau humor porque diziam que ele havia fugido para a Europa.

– Talvez esteja se preparando para o grande ataque que lançará no coração da Abissínia quando vocês já estiverem exaustos.

Furacão fazia anotações e comunicava as intuições de Meleku ao seu comando.

Enquanto isso, o exército italiano, feito de homens brancos e negros, prosseguia ao longo da linha de frente ao norte, dividida em três colunas de marcha, e em novembro havia alcançado Mek'ele. O primeiro confronto ocorreu em dezembro, ao longo do rio Tacazé, contra três mil abissínios de Gondar. Tinham armas leves, nenhum fuzil e pés descalços: a vitória italiana foi uma brincadeira de criança.

– Grande heroísmo vencer os fracos, não é, Furacão? – disse Mondio.

– Cale-se: você só viu sangue no cinema.

O exército avançava devagar na terra friável, com os áscaros e os dubats na frente, e eu distribuía víveres e água além das correspondências. Era guiado por inscrições gigantescas no solo: cada dia havia uma necessidade nova, e os soldados escreviam para mim, na areia, com grandes lonas claras, o que lhes faltava. Eu lia do céu. Um dia, era "tabaco", outro, "pão", outro ainda, "cacau", e eu voava a toda velocidade para ajudar os homens em marcha.

Quase meio milhão de homens marchava no deserto, entre os vulcões, e da cabine eram como longas lagartas velozes, cozidas pelo sol. Marchavam rumo ao coração da Abissínia, vindos de todos os lados do território, inclusive do sul para o norte, da Somália, armados até os dentes e sedentos. No sufocante calor tropical, procuravam os poços como miragens; os nômades os seguiam ao longo das misteriosas pistas do deserto, e um aguaceiro bastava para cobri-los de rios de lama.

Após alguns ataques rápidos e de surpresa entre as dunas, chegaram as primeiras bombas do céu. Dos bombardeiros, os aviadores italianos lançavam toneladas de projéteis em Gorrahei e nas forças do rás Destá, e por toda parte erguiam-se enormes colunas de terra e fumaça. Como formigas pretas, os abissínios descalços fugiam para as estepes junto com as gazelas, e Furacão ficava feliz.

– A guerra é fantástica.

– Por quê?

– Supera em audácia e destruição a imaginação dos homens.

A terra de Negele havia sido bombardeada por 668 horas com 40 toneladas de explosivo sobre o inimigo. Um inimigo descalço em lombo de camelo.

Algumas mulheres se salvaram escondendo-se nos poços dos oásis, e alguns homens se fingiram de mortos. Naquela região, havia uma serpente que, ao inocular seu veneno, causava morte aparente. Desse modo, os homens faziam fila para serem mordidos por ela; depois, deitavam-se e esperavam sonhar coisas belas. Quando despertavam, a artilharia antiaérea, as bombas e as metralhadoras já estavam distantes, e a vida retornava.

Na batalha de Tembien, vi um homem correr sem cabeça. Era jovem e forte. Fugia, aterrorizado, esquivando-se das balas, quando uma bomba arrancou sua cabeça. Mas ele continuou a correr.

As tropas italianas em guerra tinham tudo, as abissínias não tinham nada. Nunca se vira um avião do Negus naqueles céus; havia apenas as aeronaves italianas: eu transportava víveres e correspondências, e os outros faziam reconhecimentos, caçavam os homens e lançavam bombas. As únicas armas do exército do Negus eram punhais, cimitarras e as terríveis balas dum-dum, que o exército italiano temia mais do que a peste. A bala dum-dum tem na ponta uma incisão em forma de cruz, é usada para matar elefantes e, no homem atingido por ela, provoca lacerações terríveis.

Havia uma bala dum-dum perdida. Em alta velocidade, ela feria, atravessava a carne e seguia em frente. Depois, atingia outra pessoa, atravessava sua carne, seguia em frente, e assim por diante. Espero que alguém tenha bloqueado essa sua corrida mortal.

Em Tembien essas balas voavam contra nós na fase do movimento de pinça,[7] quando nos preparávamos para esmagar o exército inimigo já em debandada. Sobre as cabeças abissínias já haviam caído 195 toneladas de bombas do céu e, ao final, no silêncio que precede os cantos fúnebres, cada um havia contado seus mortos: dez mil abissínios, seiscentos italianos.

– A batalha de Tembien é uma obra-prima da arte militar – disse Furacão.

– Bem se vê que você nunca viu obras-primas – respondeu Mondio.

Meleku não tinha forças para olhar.

– O sol se maculou, o bem da vida é um bem apenas para alguns, meu peito é um cemitério, e sou capaz de enlouquecer de tanta violência. Existe o selvagem e existe

---

[7] Manobra militar na qual os flancos do exército adversário são atacados simultaneamente por duas alas que os cercam como os braços de uma pinça. (N. T.)

o imperador, mas a bomba não faz diferença. Quando chega a sua hora, você vai embora, mas se a morte vier de um fuzil, sua hora chegará antes, e a vida voará com o vento.

À noite, as tropas italianas dormiam em formação de batalha, sem levantar as barracas, mas o único e verdadeiro inimigo era a natureza. Um calor infernal durante o dia, calafrios à noite, e por toda parte torrentes rebeldes, crocodilos e leões. Os abutres seguiam a guerra como uma festa, e os mosquitos semeavam a malária. Entre árvores de incenso, agaves e mimosas, o exército atravessava imensas zonas desconhecidas; por toda parte havia animais e armadilhas, capim seco e incêndios.

Furacão comandava as tropas rumo à conquista de Gondar.

– Gondar será nossa até o fim dos tempos. Quero entrar a cavalo no Lago Tana, tal como os generais da Roma Antiga faziam no mar.

E em Gondar fincou a bandeira preta, na qual se lia: "*Usque ad finem*".

– O que significa? – perguntou o papagaio.

– Até o fim – respondeu Beba.

Sob as estrelas verdes, Gondar parecia a Camelot africana; depois, mais abaixo, à luz do primeiro sol, surgiu o Lago Tana. Era uma enorme cratera repleta de água doce, onde despontavam selvagemente outras pontas de cratera, transformadas pelo vento e pela água em pequenas ilhas felizes.

Furacão quis entrar no lago montado em seu cavalo, que, no início, mergulhou as patas, mas depois ficou irrequieto e, enquanto Furacão dizia "o lago é do império", jogou-o na água.

– Vocês não têm nobreza nos modos. Já o meu rei... – disse Meleku.

– Onde está seu rei? – perguntei.

– Posso dizer, mas não posso dizer.

Uma noite, ouvimos Furacão falar ao rádio sobre os planos de batalha. Era uma noite úmida, daquelas em que o sono é sem sonhos porque a vida é tensa.

– Temos de matar o Negus – disse o capitão.

– Ajude-me, homem do céu, quero ir até meu rei – balbuciou Meleku.

– Diga-me onde ele está.

– Vamos.

Com o vento nas costas, rodei com Vida Nova às escondidas. A pista imperial entre Amba Alagi e Maychew era cheia de pontas, como um diamante sujo. Nela, as pedras rolavam sozinhas, e o capim mal crescia. Até os corços tinham dificuldade para subir, e as águias eram as rainhas. Meleku procurava seu rei entre os espinhos, mas não o via; depois, decidiu seguir seu faro e, quando estávamos em altitude elevada, fechou os olhos e me ordenou:

– Sobrevoe o lago, vire à esquerda, ali há uma torre; plane suavemente. Voe mais alto, atravesse o cume e mergulhe, ali está meu rei.

Pensativo, o Negus olhava para as estrelas. Sorriu para o amigo e o abraçou.

– Não me deixe sozinho, Meleku. Minha solidão já é grande demais.

– Majestade, para ficar com o senhor, Meleku vai me deixar – disse Papamundo.

– A vida é assim, amigo. Para estar com alguém, sempre se deixa outra pessoa.

A batalha eclodiu ao amanhecer, às margens do cristalino Lago Hashenge, e logo a água ficou suja: o sangue branco e preto, o fogo da terra e do céu, a luta corpo a corpo, as bombas e as balas dum-dum romperam a pele do lago, que estava calma havia milhares de anos. Sob as estrelas, os dois exércitos recolhiam seus mortos: sete mil negros, quatrocentos brancos. À primeira luz do sol, o Negus fugiu.

Os olhos de Furacão brilhavam, Mondio estava em silêncio, Papamundo pensava em Meleku, Amalik segurava a mão de Tsahai e lhe dizia:

– Vi um áscaro, soldado do exército italiano, mas de pele negra, matar um soldado do Negus, também de pele negra. O áscaro estava armado, o abissínio estava de torso nu e descalço. Não pensei que fosse possível um negro matar outro negro.

Suas libélulas mantinham as asas fechadas.

– Vencemos – disse Furacão.

– Essas não são vitórias. Você diria que uma águia venceu um beija-flor? – respondeu-lhe Beba.

A guerra corria rapidamente também em Ogaden, no sul, entre Harar e Jijiga, perto dos desertos somalis. Sob o sol ardente e nos pântanos cheios de sanguessugas, o exército se movia como um raio, e do céu choviam bombas como granizos. Após uma hora e meia e debaixo de 20 toneladas de explosivos, Jijiga se esfarelou, e o exército abissínio sufocou dentro de um círculo de fogo.

Tsahai viu-se repentinamente dentro desse círculo, depois de ter descido do avião para nadar em um pântano fresco. Os estilhaços das bombas a atingiram como um cisne, e ela afundou suavemente na água, que era turquesa e, aos poucos, avermelhou-se com seu sangue. Amalik mergulhou para salvá-la, mas outro estilhaço abriu seu coração. As duas libélulas azuis voaram, um pouco perdidas, buscando a bela mulher; depois, uma mergulhou na água, e a outra, talvez por encantamento, seguiu um avião, achando que fosse um companheiro.

Com Beba e Papamundo, enterrei aqueles dois corpos jovens. Ela tinha a pele mais lisa do que a Lua, e ele era mais forte do que uma palmeira. A terra os recobriu a contragosto. Naquela noite, nenhum pássaro cantou.

Com a vitória em mãos, o exército correu rumo a Adis Abeba, desde o amanhecer até o pôr do sol, e do céu amarelo da capital choviam os folhetos tricolores. Em seguida, na torre mais alta do palácio real, Furacão fez esvoaçar nossa bandeira. Era o dia 5 de maio de 1936.

O Negus havia fugido, e eu o vira embarcar na ferrovia que de Adis Abeba desemboca no mar de Djibuti. Estava com os filhos, os olhos tristes e Meleku.

Cumprimentou-me da locomotiva que soltava fumaça.

– Que o céu lhe seja leve, amigo.

4.
O amor na água

A guerra terminou como um sopro quente. Eu voava sobre crânios reluzentes e sobre o horror; as ruínas fumegavam, e nas forcas estavam dependurados os desertores brancos e negros. Debatiam-se como trutas, agitavam as pernas, buscavam o ar, tinham um último sobressalto, depois morriam em silêncio, entre as moscas.

No Nilo Azul boiavam os animais mortos, de barriga inchada, e as canoas sem piloto se desmantelavam nas margens. Na savana, as caravanas da Cruz Vermelha procuravam crianças sozinhas. As crianças comiam terra, as mães procuravam os filhos, os pais procuravam um sentido, e os velhos morriam loucos. Todos os abissínios estavam transtornados. Do solo, alguns me faziam festa, outros fugiam para fazer guerrilha, escondiam-se nos vales secos ou na floresta e escalavam os sicômoros com os babuínos. Muitos entregavam sua vida aos vencedores: removiam os destroços com pás, construíam estradas e beijavam mãos brancas.

Somente os padres coptas estavam distantes: tinham orado por seus mortos e os abençoado sem olhar para nós. Ouviram nossos pecados e nos absolveram, sem convicção, cantando cantos antigos.

Em uma manhã quente de junho, ouvi aqueles cantos ao sobrevoar o Lago Tana, que tem a forma de um coração.

O sol estava alto, não havia nuvens, e eis que, ao apontar a proa para o grau exato, ouvi o motor resfolegar e parar. De repente, o meteorito azul ficou branco, e os comandos já não me respondiam. Senti a morte nas veias, a morte jovem; não havia mais tempo para o paraquedas, então, busquei o vento, como o peixe em agonia busca sua água e as térmicas favoráveis, redemoinhos nos quais deixar o avião prosseguir livremente. E o vento veio.

O caro vento soltou minhas asas e me sorveu. Embalou-me um pouco, depois se retirou, lançando-me novamente no nada, e precipitei.

Avistei minha morte na água, como uma pedra, e a vi aproximar-se rapidamente. Esmurrei o manche e vi imagens distantes correrem a toda velocidade. Vi meu pai, o mar, o vulcão onde nasci, depois também apareceram gansos mergulhando, garças-reais acinzentadas e mantos de papiro. Depois, os papiros cada vez mais próximos e a colisão. A asa direita estava inclinada, a cabine, despedaçada, mas eu estava vivo. Vivo. Onde tinha caído?

O papagaio estava quieto, o meteorito estava azul, e eu ouvia um coro religioso e triste. Ao meu lado, uma roseta militar: eu estava na península de Gorgora.

O canto crescia. Depois de atravessar florestas de café selvagem, couves e figos-da-índia, cheguei a uma igreja redonda com sinos pendurados no telhado. Estavam celebrando dois funerais. Ao redor do primeiro caixão havia uma multidão abissínia que chorava; ao redor do segundo, um magro destacamento de soldados italianos. O primeiro caixão conservava um rás amado, pois muitos soluçavam. Havia morrido em batalha, mas o aba[8] da igreja não falava mal do inimigo.

---

[8] Em igrejas coptas, dignidade que equivale a bispo ou abade. (N. T.)

– Ama teu inimigo tanto quanto ele te odeia.

Em seguida, o pope[9] abençoou também a mim, com suas mãos de madeira. Seus olhos estavam inchados devido à catarata, e as pupilas, pálidas, flutuavam no lago branco da córnea. O pescoço era só osso; a mão, raiz de oliveira; e o grande anel havia sido consumido pelos beijos dos fiéis que se moviam ao seu redor como papiros.

– Que maravilha é estar vivo – disse Papamundo.

Ali, todos choravam e remavam no mar da dor. O rás havia morrido como herói e repousava dentro do caixão estreito; homens e mulheres cantavam seus louvores, o filho segurava seu retrato e o beijava.

Em torno do caixão italiano, ninguém chorava. Um soldado catava pulgas em si mesmo, e outro assoava o nariz.

– Nos funerais, sempre há alguém que assoa o nariz – disse o papagaio.

Quem estava no segundo caixão? Aproximei-me delicadamente, pois é uma indiscrição aproximar-se de um morto, assim como é indiscreto olhar para quem está imerso em sono profundo. Um sudário branco escondia seu rosto, uma faixa de veludo preto descia ao longo de seu busto, e no veludo estava escrito: "Viver perigosamente". Eu queria e não queria me lembrar do nome do homem que seguia esse lema. Ergui o sudário: era Furacão, não mais o herói que bradava, mas um ser frágil, despedaçado por uma bala dum-dum. Ao arrumar o veludo e as medalhas, com extrema piedade me despedi dele.

– Sempre adeus, sempre morte, não aguento mais. Chega, vamos embora – gritou Papamundo.

---

[9] Sacerdote pertencente ao clero secular. (N. T.)

Depois, enquanto os soldados fechavam o caixão de Furacão com pregos, o papagaio entoou para o capitão uma canção triste:

Dulce et decorum est pro patria mori[10]
para o guerreiro turco e o maori
ao morto em batalha não servem as flores,
que da terra já não vê as cores.
Dulce et decorum est pro patria mori.

E movia a pequena cabeça, desconsolado. Os cantos esmoreciam ao vento. Eu estava para ir embora, mas o sacerdote me agarrou com suas mãos de raiz de oliveira.

– Irmão, você está perturbado. Não vá embora.

Acorrentou-me com olhos nos quais navegava o nada e, para me deter, mostrou-me uma Bíblia gasta de pergaminho e me contou que aquele volume era lido todos os dias naquela igreja havia oitocentos anos.

– Qual livro tem a mesma sorte? – perguntou Papamundo.

– O tempo dissolve ao Sol os homens e as coisas dos homens. Somente o que é forte resiste – respondeu o pope.

– Por que fui expulso do paraíso para acabar neste inferno?

– Olhe ao redor e verá fragmentos de paraíso.

No Lago Tana, a água ondulava suavemente, tremendo apenas um pouco. De vez em quando, um sorvedouro dançava, e mosquitinhos dourados alçavam voo. Milhares de pássaros voavam contra os insetos, que voavam sobre os mamoeiros, nos quais pousavam borboletas. Os corvos-marinhos

[10] "É doce e honroso morrer pela pátria", verso da obra *Odes*, escrita pelo poeta romano Quinto Horácio Flaco (65 a.C. – 8 a.C.). (N. T.)

anunciavam a noite aos crocodilos; as águias-rabalvas mergulhavam para comer os peixes-gatos; os gatos selvagens saltavam nas palmeiras; as lebres, nos bambus; e as cegonhas voavam no céu. Ao observar o voo delas, pensei no meu, mas tinha de permanecer ali, com o pope, o papagaio e os rumores do lago ao entardecer. O pope e o papagaio eram incansáveis: o emplumado perguntava, e o homem respondia.

– Por que Deus não aparece?

– Deus será sempre um mistério, pois o homem é um mistério.

– Onde está Deus?

– Deus está no ar, mas o ar não é Deus.

– Quem sou eu?

– Você é um papagaio falante e tem o dom de dobrar as palavras.

– O que devo fazer?

– Leve a esperança, faça o bem.

– O que é o bem?

– O bem é silencioso.

– O que é o mal?

– O mal é ruidoso.

– Sou livre?

– Você cavalga a vida, e o cavaleiro cavalga o cavalo. Não se deixe arrastar pelo cavalo.

– Não quero um cavalo porque tenho asas, padre – disse Papamundo.

– Então, abra as asas da sua liberdade.

– Posso melhorar?

– O amor melhora mais do que a inteligência.

Ao ouvir a palavra "amor", Papamundo teve um sobressalto, e de seus olhos cor de rubi partiu um raio de melancolia. Emudeceu e ficou parecendo de cera.

– O que foi, Papamundo?

– Estou com saudade do que não conheço.

Fiquei sozinho conversando com o sacerdote.

– Aviador branco, você é um gato sem dono e triste. Carrega a pressa nas costas e muitas perguntas sem resposta. Por que está desesperado?

– Estou embriagado de morte.

– Então, embriague-se de vida.

– Perdi muitas pessoas.

– Quem você perdeu?

– Meu pai, minha mulher e muitos amigos.

– Os homens mortos vivem em você.

– Que pálido consolo! Eles não estão presentes.

– Os mortos vivem nos sonhos dos vivos.

– As respostas simples são difíceis.

– Durma.

– Não posso dormir, nunca tenho paz e quero voltar a voar.

– Você vai voar, os pescadores waitós vão ajudá-lo: é gente sem Deus, mas de mãos fortes.

– Gente sem Deus?

– Os waitós não acreditam em nada. Pescam, constroem suas pirogas de papiro, nascem e morrem sem um porquê.

A noite havia caído com tranquilidade. Um chifre de lua iluminava o lago azul-cobalto, peixes fosforescentes subiam à superfície, e das pedras pretas emanava o odor de enxofre que talvez alcançasse o planeta Vênus, muito luminoso. Na noite mágica, todo sonho era um voo.

Ao amanhecer, fui despertado pelas rãs, por três meninos, por pássaros *bishus* alegres e molas vibrantes. Os meninos eram bonitos sem se darem conta, e tinham aquela beleza que é a fusão do corpo no espaço em que ele se move, e seus olhos eram limpos. O pope me empurrou junto com eles para a água na *tangwa*, uma canoa feita de papiro, e se despediu de mim.

– Tente ser feliz.

Os três remavam com as mãos e remos de fícus. Remavam na piroga, seguros em seu lago como eu me sentia seguro no céu. Enquanto navegávamos, éramos observados por cudos[11] de chifres espiralados, crocodilos nas margens secas, grous-coroados, íbis, garças-reais e patos de bico amarelo.

Papamundo observava o arco-íris das penas em voo; e eu, os três meninos: não eram irmãos, mas amigos da mesma tribo waitó. Teshager tinha nariz achatado e felicidade; Tadele tinha traços semitas e inteligência; Mulugeta, traços orientais e brandura. Os três conversavam como remavam: primeiro um, depois o outro, e mais outro.

– Bem-vindo, estrangeiro de asas quebradas.

– Vamos levá-lo até Bahir Dar.

– Lá você vai encontrar cola para as suas asas quebradas.

Olhei no mapa o lago em forma de coração: estávamos no norte, e Bahir Dar ficava no extremo sul, no fundo da veia cava.

– Vamos conseguir atravessar todo o lago na *tangwa*?

– Somos waitós.

– A água é nossa amiga.

– Se não confia, vá embora.

Não era fácil conversar com o trio, mas segui adiante.

– O pope me disse que vocês, waitós, não têm Deus e vivem e morrem sem saber por quê.

– Não é verdade.

---

[11] Antílope africano. (N. T.)

– Ele só tem um deus.

– E nós temos um rebanho.

– Um rebanho? – perguntei.

– Nas nascentes do Nilo Azul vive o rebanho dos waitós.

– São enormes.

– São poderosos.

Só precisei esperar. Papamundo não cabia nas penas de tanta felicidade.

– Finalmente verei deuses!

Tínhamos nos aproximado lentamente de uma área do lago turquesa. As ninfeias floresciam na água perfumada de limão; as libélulas voavam sobre os leques de papiro, e pensei em Tsahai e em sua leveza.

Ela era uma pétala de deleite.

A *tangwa* avançava lentamente no leito de uma pequena e límpida baía, e eis que, no centro, a água começou a redemoinhar. O redemoinho parecia desenhado com um pincel, primeiro devagar, depois cada vez mais febril; primeiro na superfície, depois cada vez mais profundo. A água límpida tinha ganhado um tom de esmeralda, e do centro esverdeado esguichou um jorro feliz. Aquele era o Nilo menino, o Nilo que nasce e é vivaz.

Os três meninos oravam para o rio e para os deuses.

– Nilo amado.

– Nilo agitado.

– Pelos deuses gerado.

E eis que, de repente, ouviram-se uivos e ondas terríveis. Ao cair na água e ficar preso aos cachos de ninfeias, percebi o caráter terrível dos deuses waitós: seres enormes, de pele reluzente e caninos como presas de elefante agarravam raízes e flores com a voracidade dos monstros.

– Hipopótamos, hipopótamos! – gritou o papagaio.

– Deuses hipopótamos? – Empalideci.

– Hipopótamos grandes.

– Hipopótamos poderosos.

– Deuses waitós poderosos.

Papamundo saltou nas costas úmidas dos deuses e riu, eu arregalei os olhos, os meninos ergueram as mãos para o céu. Em seguida, os deuses waitós afundaram, e a paz retornou. A nascente ferveu alegremente, os três pequenos waitós remaram com energia e, enquanto navegávamos, encontramos muitas tribos.

Havia a tribo dos sem dor: nela, os homens e os animais nunca sentiam dor. Cortavam bifes dos lombos de vacas vivas, e elas sorriam, tranquilas, como se nada estivesse acontecendo.

Havia a tribo dos sem mãos: homens e mulheres mutilaram os próprios membros para não serem feitos prisioneiros dos mercadores de escravos. De fato, quem ia querer escravos sem mãos?

Havia a tribo do rei de orelha grande: nela, as pessoas acreditavam que o soberano ouvisse todas as palavras, sobretudo as dos súditos contra ele. Por isso, estavam sempre em silêncio.

Havia homens felizes e homens infelizes, distribuídos naquela área tal como o acaso os distribuíra por toda parte. Felizes eram os que não haviam sido afetados pela guerra. Felizes eram também os pescadores e os adoradores da água, que pareciam salmões: passavam a vida imersos. A água era palco de amor, morte, alimento, sexo, luta e paz, e sobre os homens-salmões voavam libélulas e corvos, como na Itália se movem formigas e aranhas. Estavam sempre molhados e eram fortes. Papamundo cantou para eles:

Água fresca, água clara,
felicidade do Nilo ao Niágara,
te amam a enguia e a flor rara
sem a água há o Saara.
A água é minha amiga
quem a teme é uma formiga.
Lagos, oceanos e mar,
é doce naufragar.

A *tangwa* perdeu força no naufrágio entre os deuses waitós; a fibra dos papiros ia se desfiando à medida que avançávamos e avançava também a noite. Cada vez mais longas, as ondas deslizavam até a margem, e a lua crescia no céu. Antes de morrer na água, a *tangwa* refugiou-se em uma minúscula baía em forma de cone de lua, e ali, amedrontados entre ruídos e farfalhares, arregalávamos os olhos como corujas. A umidade cintilava na pele, e os mosquitos-tigres-asiáticos nos cortejavam. Havia muitos companheiros invisíveis naquela noite, e uma figura delicada às minhas costas, com a qual eu brincava. Era uma mimosa-pudica, árvore com folhinhas em miniatura. A planta é de natureza tão delicada que, quando um homem a toca de leve, ela se fecha, toda assustada. Após alguns minutos, as folhas, que não sabem que o homem está a seu lado porque não enxergam, abrem-se novamente; então, eu a tocava, e a mimosa, amedrontada, selava-se de novo.

– Piloto, na sua opinião, as plantas têm alma? – perguntou-me Papamundo.

Passei assim as primeiras horas da noite, brincando com as folhas da mimosa-pudica. Na noite turquesa, os meninos faziam a guarda, o pássaro dormia, e eu observava o céu, mas, de repente, um baque fez a água dançar. Um baque, depois uma agitação na água, uma onda calma e círculos largos: algo se movia no lago. Não era um hipopótamo, talvez um crocodilo; no entanto, deslizava na superfície da água e não mergulhava. Estranho. Eu não via nada, mas o papagaio, que enxergava longe, foi o primeiro a revelar, cantando, a natureza do ser misterioso:

> É a mulher mais bonita que já houve um dia.
> Alguém poderá chamá-la de Utopia.
> Tolo é quem a faz fugir,
> pois ela é mais doce do que um elixir.
> Quem a beija entra em agonia,
> quem não a toca comete uma heresia.

E ela também cantou algo doce, com voz suave. Eu a observava, mas ela não me via. Eu estava à sombra, e ela, sob a lua. Suas pernas eram finas; os braços, arcos perfeitos; os cabelos longos giravam como a hélice de Vida Nova. Fora da água, molhada, sob as estrelas, enxugou-se como uma gazela: debatendo-se, arqueou o pescoço para fazer a água escorrer pelos cabelos. Depois parou, cautelosa. Ao ouvir minha respiração, preparou-se para fugir, e os meninos disseram em coro:

– Não tenha medo.

– É apenas um homem.

– E, ainda por cima, atrapalhado.

Então, ela sorriu, o sorriso mais lindo que eu já tinha visto, largo e sereno. Depois, tentou me empurrar na água enquanto o meteorito azul brilhava no macacão colonial.

– Você é um homem estranho. Quem é você?

– Sou um piloto.

– O que significa?
– Um homem que voa.
– E onde estão suas asas?
– Meu avião quebrou.
Ela me olhava.
– Por que você voa?
– Para distribuir cartas.
– O que são cartas?
– São páginas escritas.
– Escrever é a coisa mais inútil do mundo.
Eu não sabia como me defender.
– Como você se chama?
– Tigist.
– O que significa?
– Paciência.
– Você tem o nome de uma virtude.
– Você é um homem paciente?
– Acho que não.

Enquanto o meteorito azul brilhava, ela me despiu. Nu como Adão, na água morna, entre larvas, girinos e rãs, deixei-me guiar por minha sereia negra. Nada a perturbava, e ela não parava de sorrir. Nela, tudo era simples e selvagem, e me perguntou:

– A água vem do céu ou das profundezas? Será que o lago é o suor do mar?

Depois, contou:

– No princípio do mundo, o rei dos waitós tinha dois filhos: o primeiro quis ficar no Lago Tana, e o segundo, partir em busca de aventuras. O rei disse: "Meus filhos, façam da sua vida o que bem entenderem". O primeiro ficou construindo *tangwas* às margens do lago, e o segundo pegou uma das embarcações do irmão, navegou pelo Nilo e chegou ao Egito. Você sabe, a água pode nos transportar a qualquer lugar.

– O céu também.

– Mas o céu não pode ser tocado, e a água, sim. Seja como for, do primeiro filho nasceu a estirpe dos waitós do Tana, da qual eu descendo, e do segundo nasceu a estirpe dos faraós e dos construtores de pirâmides. O reino dos faraós acabou desaparecendo, mas ficou a família sedentária dos waitós, e a história se esqueceu de nós. Quando alguém se esconde, sempre sobrevive.

Eu ouvia sem falar; já estava apaixonado.

Toquei-a de leve, mas ela não recuou; aliás, como a mimosa, parecia dissolver-se sob minhas mãos. Dissolvia-se nos abraços na água, procurava-me na escuridão e me acariciava, lambia meu pescoço e espalhava unguentos em mim. Fora e dentro, tudo estava molhado em nós, e minha coluna – assim ela a chamava –, esfregada por suas mãos com as cerdas de alguns insetos que vivem em meio às árvores e pelo látex das eufórbias, estava enlouquecendo de prazer. Depois, envolveu-me na água, as ondas nos enxaguaram, e adormecemos junto aos grilos.

O amor por Tigist era claro como o lago. Ela me iluminava e, dentro dela, eu esquecia toda dor. Eu era tenro como um damasco, e Papamundo cantava para mim:

Não me despertem desse sonho
sem Tigist fico tristonho.
O que une um homem a uma mulher?
Necessidade ou generosidade?
O amor é sonho e calamidade
e quero essa rara unidade.
Mas sou um papagaio tagarela